漫游之诗

蔡天新 主编

人民文学出版社

图书在版编目(CIP)数据

漫游之诗/蔡天新主编.—北京:人民文学出版社,2016
ISBN 978-7-02-011526-6

Ⅰ.①漫… Ⅱ.①蔡… Ⅲ.①诗集-世界 Ⅳ.①I12

中国版本图书馆 CIP 数据核字(2016)第 069220 号

责任编辑 王清平 杜 晗
封面配画 冷冰川
装帧设计 高静芳

出版发行 人民文学出版社
社　　址 北京市朝内大街 166 号
邮政编码 100705
网　　址 http://www.rw-cn.com

印　　制 山东德州新华印务有限责任公司
经　　销 全国新华书店等

字　　数 150 千字
开　　本 890 毫米×1240 毫米 1/32
印　　张 11
版　　次 2016 年 7 月北京第 1 版
印　　次 2016 年 7 月第 1 次印刷

书　　号 978-7-02-011526-6
定　　价 38.00 元

前　言

古时候中国的读书人多有一个理想，便是“读万卷书，行万里路。”最早萌生此理想的是十一世纪宋代的水利专家兼水利官员刘彝（1017—1086），他是福建人，曾任职两浙，在江西赣州为官时留下一条福寿沟，迄今仍是该市老城区十余万居民的排水干道。刘彝在107卷的《七经中义》里率先写道：“读万卷书，行万里路。”古人用毛笔写字，且写在竹帛上，后来虽被纸张替代，仍是卷轴书，就如同今天的书画装裱一样。因此，一万卷大约相当于如今的几百本书。

直到明代，始有了线装书，书籍才变得轻盈了，可以容纳更多的文字了。十六世纪，松江（上海）的书画家董其昌（1555—1636）在论及作画时提升了这个概念，他在谈艺录《画旨》里写道："读万卷书，行万里路。胸中脱去尘浊，自然丘壑内营。"说到董其昌，他是个有争议的人，官运亨通，财路顺畅，做过礼部尚书。他对政治异常敏感，一有风吹草动，就坚决辞官归乡，或漫游各地，过后再买回官职。

对诗人们来说，读书和旅行绝非难事，而是一桩美事。事实上，冥想和漫游是诗人的两个特质，也可以说是两种基本的写作状态，每一位诗人都有这两种喜好或倾向。一般来说，青年时代，他（她）们更愿意到各地漫游，后来年岁渐长，经历多了，又喜欢独处。比如德国出生的瑞士诗人兼小说家赫尔曼·黑塞（1877—1962），年轻时两度游历意大利，到过德国和瑞士各地，还去了亚洲的印度、锡兰（今斯里兰卡）和苏门答腊，晚年他隐居在瑞士的意大利区，门口挂着一个牌子"谢绝来访"。当然，诗人们的境况各异，也有不同甚或相反的情形。

于是乎，就有了编注这两个选本——《漫游之诗》和《冥想之诗》的念头。与诗友们商议后，得到了热情的响应或支持，他们中有八位曾参与《现代诗100首》(蓝、红卷)的评注（一晃已经十年了），还有两位新友，他们都在美国的名校取得学位，任职于境外的大学或研究所。我们要求入选者，他或她在其中的一方面享有盛名，同时又是一位重要的现代诗人。当然，未必面面俱到，把伟大的诗人全收入，不过也希望，每位选家能推荐一两位译介相对较少的诗人。

在历史的长河上，诗歌选本或读本成千上万，无论古体诗还是现代诗，中国诗还是外国诗，但形式大同小异，希望这是一套有特色的选本。关于入选规则，每位评注者选注四位诗人，每位诗人五首诗作，长短合宜。评注者为每位诗人撰写一篇介绍文字，包括入选漫游或冥想卷的理由，每首诗并加若干注释。既鼓励选择自己翻译的诗人和诗作，也注意吸纳其他优秀译者的译作。

诚然，对现代诗人尤其是当代诗人来说，生活的状态发生了巨大的变化，漫游或冥想时的心境也与古人有很大差异。但这正是当代读者所处的环境，他们的生活和工作比以往更加忙碌，也有更多的机会去看世界，可却没有那么多时间观察、思考人生，甚至读诗也是一桩奢侈的事情了。还是那句老话，亲爱的读者，如果你的视线飘离诗歌已经很久了，那么，就请暂时落下来稍息片刻吧。

最后，我想引用《现代诗100首》（蓝、红卷）前言里的一段话作为结束语："我们对诗歌始终保持乐观态度的一个原因是，每一代人中间都有千千万万颗心怀有各式各样绚丽多姿的梦想，并努力把每一个梦想付诸实施，这些人可谓生命中的舞蹈者。他（她）们或许一生默默无闻，永远不为人所知，可是，也正是由于他们对梦想的不懈追求和努力，才使得我们这个世界变得可爱，精彩纷呈，适宜于居住。"

蔡天新

2015年秋天，杭州彩云居

/ 目　录 /

叶芝［爱尔兰］

叶芝（W. B. Yeats），现代爱尔兰著名诗人、剧作家，1865 年 6 月 13 日生于都柏林，父亲为画家。叶芝生来具有一种耽于理想的气质，他声称“我们必须在生命之树上为凤凰找寻栖所”。1884—1886 年在都柏林大都会美术学院学习绘画期间开始发表诗作，并对神秘主义产生浓厚兴趣，同时，爱尔兰民间传说和神话故事也成为他的灵感来源，1889 年出版诗集《乌辛之浪迹及其他诗作》，许多诗作就取材于他所说的这个“大记忆库”。

1889 年，叶芝结识了毛特·冈，一位热衷于爱尔兰民族独立事业的神秘而充满激情的女性。冈对叶芝的一生都具有重要意义，叶芝曾多次向她求婚，均遭到拒绝，尽管如此，他们仍保持着密切联系，叶芝以冈为原型创作了诗剧《凯丝琳女伯爵》，在剧中，凯丝琳将灵魂卖给了魔鬼，好让同胞免于饥荒，最后她上了天堂。

1896 年，叶芝结识了剧作家奥古斯塔·格雷戈里夫人，并和她及其他作家、艺术家共同发起了“爱尔兰文艺复兴运动”。1904 年底，叶芝和剧作家约翰·辛格一起参与重建了都柏林艾比剧院，使该剧院成为爱尔兰文艺复兴的重要阵地。

叶芝在这一时期创作、出版有诗集《苇丛中的风》（1899）、《在那七片树林里》（1904）、《绿盔及其他》（1910）。1913 年，叶芝在伦敦结识了埃兹拉·庞德，并在这位“文学助手”的促动下，转向一种更坚实、敏锐的现代主义，这种风格上的变化和完成体现在诗集《责任》（1914）、《柯尔庄园的野天鹅》（1919）中。1917 年 10 月，叶芝与乔治·海德·利斯结婚，不久，他买下了位于柯尔庄园附近的巴列利塔作为夏季住所。这座残破而神秘的塔堡及塔内旋梯，成为他中后期诗歌中的重要意象。

在二十世纪二十年代前后，叶芝无可避免地受到他的国家以及整个世界动荡局势的影响，“一切都四散了，再也保不住中心”，在一个混乱的时代，他一方面坚持对一个永恒世界的塑造，另一方面又始终以现实和心灵的苦汁为营养。1916 年复活节爱尔兰民族起义失败后，他写下了他的史诗般的作品《一九一六年复活节》。1921 年，爱尔兰获得自治后，叶芝被选入爱尔兰参议院。1923 年，因为“以其高度艺术化且洋溢着灵感的诗作表达了整个民族的灵魂”，叶芝荣获该年度诺贝尔文学奖。

1925 年，叶芝出版了《灵视》，在该书中，他构造了一套超验的象征主义体系，因为他相信他自己和他的民族保有一份“灵视的天赋”。晚后期的叶芝，以一种罕见的创造激情（他曾说过在年轻时他的缪斯是老的，当他变老时他的缪斯却变年轻了），对心灵与诗歌进行重新整合。他在晚后期出版的诗集有《麦克尔·罗巴蒂斯与舞蹈者》（1921）、《塔堡》（1928）、《旋梯及其他》（1933）、《新诗》（1938），代表性诗作有《丽达与天鹅》、《马戏团动物的逃亡》、《驶向拜占庭》、《在学童中间》等，它们为其一生的艺术总结。

叶芝于 1939 年 1 月 28 日在法国曼顿逝世。他的最后一首诗作是以亚瑟王传说为主题的《黑塔》，充满了一种海风狂吹、令“老骨头”不停战栗的力量。他的墓志铭是诗人晚年作品《本布尔本山下》的最后几句：“投出冷眼 / 看生，看死 / 骑士，策马向前！”

（王家新　注）

茵纳斯弗利岛[①]

我就要动身走了，[②] 去茵纳斯弗利岛，
搭起一个小屋子，筑起泥巴房；
支起九行芸豆架，一排蜜蜂巢，
独个儿住着，荫阴下听蜂群歌唱。[③]

我就会得到安宁，它徐徐下降，
从朝露落到蟋蟀歌唱的地方；
午夜是一片闪亮，正午是一片紫光，
傍晚到处飞舞着红雀的翅膀。[④]

我就要动身走了，[⑤] 因为我听到
那水声日日夜夜轻拍着湖滨；
不管我站在车行道或灰暗的人行道，
都在我心灵的深处听见这声音。

（袁可嘉　译）

①“茵纳斯弗利岛”为诗人所虚构。叶芝早期的诗中充满了对现实的失望：“走吧，人间的孩子！／与一个精灵手拉着手，／走向荒野和河流，／这个世界上哭声太多了，你不懂。”(《偷走的孩子》，裘小龙译）所以他的眼光朝向了这样一个“遥远的家园”。

② 这第一句就决定了全诗的音质。诗人说他是在怀着浓郁的乡思走过伦敦舰队街时，听到叮咚的水声而刹那间产生了这首诗，并自认为这是“第一首具有自己的音乐节奏的抒情诗”。

③ 音乐性与具体的意象相融合，使这首诗更加动人了。

④ 这首诗尤其是这一节的翻译，极尽汉语本身之美，堪称绝唱。如果对照原文和不同的译本，就会感到只有这样的译文才深刻传达出一种来自汉语世界的共鸣。这种共鸣有赖于一种诗心之间的契合，也有赖于一种精湛的语言功底。

⑤“我就要动身走了”在最后一节再次重复，不仅加强了诗的音乐性，也是对诗人所听到的心灵召唤的一种确认。

柯尔庄园[①]的野天鹅

树林里一片秋天的美景，
林中的小径很干燥，
十月的黄昏笼罩的流水
把寂静的天空映照；
盈盈的流水间隔着石头，
五十九只天鹅浮游。[②]

自从我最初为它们计数，
这是第十九个秋天，[③]
我发现，计数还不曾结束，
猛一下飞上了天边，
大声地拍打着翅膀盘旋，
勾画出大而碎的圆圈。[④]

我见过这群光辉的天鹅，
如今却叫我真疼心，[⑤]
全变了，自从第一次在池边，

也是个黄昏的时分，
我听见头上翅膀拍打声，
我那时脚步还轻盈。⑥

还没有厌倦，一对对情侣，
友好的冷水中行进，
或者向天空奋力地飞升，
它们的心灵还年轻，
也不管它们上哪儿浮行，
总有着激情和雄心。

它们在静寂的水上浮游，
何等的神秘和美丽！
有一天醒来，它们已飞去，
在哪个芦苇丛筑居？
哪一个池边，哪一个湖滨，
取悦于人们的眼睛？⑦

（袁可嘉　译）

---

① 柯尔庄园为叶芝的朋友、剧作家奥古斯塔·格雷戈里夫人的私人庄园。

② 诗的第一节，语言的清澈就令人惊异。这种语言的清澈只能出自一种心灵的清澈和人生之秋的清澈。就在这语言的清澈中，59只光辉的野天鹅呈现在读者的视野中，成为诗的高贵、神秘和美丽的象征。

③ 叶芝于1897年初访柯尔庄园，1916年重访该地并写下这首诗时已相隔19个秋天。

④ 一种具体确切的语言刻画，使事物历历在目。的确，该诗的写作是一个标志："从现代的抽象回到明确而具体的所在"。王佐良也曾这样评介说，叶芝早期的诗"朦胧，甜美而略带忧郁，充满了美丽的辞藻，但他很快就学会写得实在、硬朗，而同时仍然保留了许多美丽的东西。他的诗歌语言既明白如话，又比一般白话更高一层，做到了透亮而又深刻"。而这，也恰好是袁先生在翻译这首诗时所达到的语言境界。

⑤ 写该诗时，柯尔庄园即将被强行收归国有，这使叶芝十分感伤，在他看来，柯尔庄园是一种古老而高贵的文明价值的象征，因此天鹅的光辉只能让他"疼心"。他像那些写出"旧时王谢堂前燕，飞入寻常百姓家"的中国古诗人一样，在目睹一种高贵事物的消逝。

⑥ 多年之后，诗人已步入人生的中年，因此天鹅的年轻、美丽又引起他对岁月流逝的感叹。在这一节，一个诗人在回想遥远的过去，而那也是个美丽的黄昏，他第一次听见从头上掠过的天鹅的翅膀拍打声，那时他的脚步还"轻盈"！还有什么比这更动情的回

忆吗？因而，这不是一般的咏物诗，这是一曲永恒的挽歌。也正是在这样一种人生视野里，“天鹅”成了一种象征，它体现了诗人对具有永恒之美的事物的留恋。

⑦ 全诗最后的追问，指向了美的神秘和变动不居。它不仅留下了一种“此地空余黄鹤楼”式的茫然，也由此把我们置于“宇宙的无穷”之中。

寒冷的天穹[1]

突然我看见寒冷的、为乌鸦愉悦的天穹
那似乎是冰在焚烧，而又生出更多的冰，[2]
而想象力和心脏都被驱赶得发了疯
以致这样或那样偶然的思绪都
突然不见了，只留下记忆，那理应过时的
伴以青春热血，和很久以前被勾销的爱；
而我从所有情感和理智中承担起全部责备，
直到我哭喊着、哆嗦着，来回地摇动
被光穿透。呵！当鬼魂开始复活
死床的混乱结束，它是否被赤裸裸地
遣送到道路上，如书上所说，被上苍的
不公正所打击，作为惩罚？[3]

（王家新　译）

① 关于此诗，据说是叶芝闻讯毛特·冈与他人成婚，在精神上经受重创后所作，叶芝则自述此诗“是一种尝试，去描绘寒冷而超然之美的冬日天空在他身上激起的感情”，但无论创作背景如何，这首诗正如希尼所说“是对意识的震颤，对史蒂文斯所说的‘精神的高度和深度’的全部尺度敞开的一瞬间的生动记录。诗行间的震荡戏剧化了刹那间的觉悟。没有藏身之所，人类个体生命在巨大的寒意中得不到庇护”(谢默斯·希尼《欢乐或黑夜：W.B. 叶芝与菲利浦·拉金诗歌的最终之物》，姜涛 译)。

② 叶芝的天穹不仅显现出一种“巨大的寒意”，诗人在那一瞬间还看到了“冰在焚烧，而又生出更多的冰”。它是死亡，但又是丰盈生命的映现。也许，正是这种焚烧着的冰的意象在唤起诗人一种更高“认可”的冲动。诗人是以一种怎样的冲动、怎样的眼光看到了天穹深处这种焚烧着的冰?

③ 诗的后半部分写出了在致命一击下的那种被穿透感，其情感的强度几乎超出了语言所能承受的限度。但诗人把握得又恰到好处，最终使之成为对“‘精神的高度和深度’的全部尺度敞开的一瞬间的生动记录”。

驶向拜占庭[①]

那不是老年人的国度。青年人
在互相拥抱；那垂死的世代，
树上的鸟，正从事他们的歌唱；
鱼的瀑布，青花鱼充塞的大海，
鱼、兽或鸟，一整个夏天在赞扬
凡是诞生和死亡的一切存在。
沉溺于那感官的音乐，个个都疏忽
万古长青的理性的纪念物。[②]

一个衰颓的老人只是个废物，
是件破外衣支在一根木棍上，
除非灵魂拍手作歌，为了它的
皮囊的每个裂绽唱得更响亮；[③]
可是没有教唱的学校，而只有
研究纪念物上记载的它的辉煌，
因此我就远渡重洋而来到
拜占庭的神圣的城堡。

哦，智者们！立于上帝的神火中，
好像是壁画上嵌金的雕饰，
从神火中走出来吧，旋转当空，
请为我的灵魂作歌唱的教师。
把我的心烧尽，它被绑在一个
垂死的肉身上，为欲望所腐蚀，
已不知它原来是什么了；请尽快
把我采集进永恒的艺术安排。④

一旦脱离自然界，我就不再从
任何自然物体取得我的形状，
而只要希腊的金匠用金釉
和锤打的金子所制作的式样，
供给瞌睡的皇帝保持清醒；
或者就镶在金树枝上歌唱
一切过去、现在和未来的事情
给拜占庭的贵族和夫人听。⑤

（穆　旦　译）

① 拜占庭，即现在的伊斯坦布尔的前身，本来为小亚细亚古城，公元6世纪曾为东罗马帝国和东正教中心，正是这一时期的“拜占庭”，被叶芝视为神圣之城，它象征着艺术和永恒，是一个超越了人世变化的所在。它寄托了诗人对永生的渴望。

② 诗的第一节描述了一个“青年人在互相拥抱”，鱼、兽或鸟，现世中的一切耽于“感官的音乐”的世界。这是一个已听到永生召唤的“老年人”要从中走出的世界。

③ 王佐良在谈这节诗的前两句时，曾感叹“两者结合在一起就产生了神奇的效果：前者变成警句，后者变成确切的比喻”。但更为神奇、也更耐人寻味的是接下来的“除非灵魂拍手作歌……”这两句——如果在肉体里没有一个不屈服的灵魂，如果它不“拍手作歌”，一个老人就只是个垂死的废物；而当灵魂拍手作歌，皮囊的每个裂绽唱得更响亮，那就是它超脱肉身限制的超越性时刻。据有的学者提示，叶芝这个灵魂“拍手作歌”以挣脱肉体的隐喻，是来自布莱克的启示：布莱克在弟弟去世时，竟然看到“解脱了的灵魂向天空升去，欢快地拍着它的双手……”

④ 在叶芝这首诗中，解脱了的灵魂没有向天空升去，而是远渡重洋来到拜占庭神圣的城堡里，在那里，“智者们”从嵌金的壁画中、从“上帝的神火中”走出，“旋转当空……为我的灵魂作歌唱的教师”，而诗人愿“把我的心烧尽……”，甚至愿抛开那大自然赋予的皮囊，让古老、神奇的金匠重新锤打自身。叶芝如此向往古老神秘的文明，是因为如他自己所说：“古代的盐是最上等的保鲜材料”。

⑤ 叶芝晚年写出这样的诗篇，乃出自一种必然。在他的早年，他

曾幻想了一个“茵纳斯弗利岛”，而在晚年的想象里，他置身于拜占庭城堡的神火中。在语言形式上，该诗也显示了叶芝晚期炉火纯青的高超诗艺和功力，它成为叶芝一生的艺术总结。穆旦对这首诗的翻译，其理解之深刻，功力之精湛，也令人惊叹。正是在穆旦艰苦卓越的语言劳作中，一个诗魂得以“分娩”、再生，当语言皮囊的每个裂绽唱得更响亮的时刻，也是原作的生命在译文中得到“新的更茂盛的绽放”的时刻！

在学童中间[①]

1

我边走边问，打从长教室穿过，
和蔼的白头巾老修女回答问题，
孩子们学做算术，练习唱歌
学习各样的读本，还有历史，
剪裁和缝纫都要求干净利索，
样式最好又时新——孩子们时不时
出于好奇心，免不了抬眼注目
一位六十岁含笑的头面人物。

2

我冥想一个丽达那样的身影[②]
俯就奄奄的炉火，她讲起童年
一次受严厉的责备或一件小事情
竟然在童心上造成悲剧的一天——
这一讲时我们两个年轻的心灵
像出于同情而融进了一单个空间，

或者，改一下柏拉图有名的妙譬，
化作了蛋黄与蛋白，浑成一体。

3

想起了当年那一阵忧伤或愤怒，
我再对这一个那一个小孩子看看，
猜是否她当年也有这样的风度——
因为天鹅的女儿也就会承担
每一份涉水飞禽遗传的禀赋——
也有同样颜色的头发和脸蛋，
这么样一想，我的心就狂蹦乱抖，
她活现在我的面前，变一个毛丫头。③

4

她目前那一副形象④飘进了我心里，
难道是十五世纪手的塑造，
它两颊深陷，仿佛它只是喝空气，
只是吞够了影子就算吃饱？⑤
我虽然从不是丽达一类的后裔，
也有过美丽的羽毛——够了，好，

逢人最好是用微笑报微笑，表示出
这个老草人过日子挺舒舒服服。

5

年轻的母亲，膝上抱一个人形
（那是“生殖蜜”泄漏给人间的皮囊，
根据了回忆或是“忘药”的决定
一定得睡眠，叫嚷，挣扎着要逃亡），
会怎样看她的儿子，只见人头顶
白茫茫披六十来个冬天的风光，
就认为报偿了生她儿子的痛苦、
愁他入世前途的牵肠挂肚？

6

柏拉图认为自然不过是水泡
戏弄着事物的幽灵式千变万化图；
坚实的亚里士多德挥舞着桦木条，
会鞭打一位王中之王的屁股；
金股骨毕达哥拉斯，无人不晓，
拨弄着琴弓或琴弦就可以算出

那颗星歌唱的、懒诗神听见的和音：
破布片绑上老杆子吓吓飞禽！⑥

7

修女和母亲，两类人都崇拜偶像，
可是烛光照亮的尊容并不能
激起哪一位母亲的痴心妄想，
只能使石像或铜像宁息安生。
但它们也叫人心碎——诸多色相，
激情、虔诚、慈爱所熟悉的至尊！
一切至高的光荣所象征的浮华，
对人类事业心自生自长的嘲弄家！

8

辛劳本身也就是开花、舞蹈，⑦
只要躯体不取悦灵魂而自残，
美也并不产生于抱憾的懊恼，
迷糊的智慧也不出于灯昏夜阑。
栗树啊，根柢雄壮的花魁花宝，
你是叶子吗，花朵吗，还是株干？

随音乐摇曳的身体啊，灼亮的眼神！

我们怎能区分舞蹈与跳舞人？⑧

（卞之琳　译）

---

① 该诗看上去描述的是诗人作为“一位六十岁含笑的头面人物”、作为爱尔兰参议员去修女学校考察的情景，但实际上诗人在这首诗中穿越了他整个的一生。

② “一个丽达那样的身影”和下文的“她”都指诗人终生不能忘怀的毛特·冈。正是这样一个身影的浮现，唤起了他的一颗诗心。“一个丽达那样的身影”，也意味着现实中的人物，被赋予了神话原型。

③ 这样的译文，堪称大家手笔！我们不仅因“因为天鹅的女儿也就会承担／每一份涉水飞禽遗传的禀赋”这样美丽动人的诗句而欣喜，而且从“这么样一想，我的心就狂蹦乱抖，／她活现在我的面前，变一个毛丫头”这样的译文中，也感到了一种语言的活生生的力量。如果要体会卞先生译文的妙处，最好对照一下原文。

④ “她目前那一副形象”，指毛特·冈年老时的形象。

⑤ 这就是叶芝的高超之处：即使是使用玄思性的隐喻，也能给人以难忘的活生生的印象。

⑥ 诗人在这一节里引经据典，充满了历史反讽，最后归结到对自

身的反讽。

⑦ 到了全诗的最后一节，对未能实现的爱的回顾、对生与死的玄思、对历史和文明的反讽，又和一种“最终认可”的冲动结合到了一起，“辛劳本身也就是开花、舞蹈”，该节的第一句就极其动人，并充满了感情。卞先生对这一节的翻译，除了个别句子及用词外，从总体上看，情感充沛、语言和意象富有质感，音调激越而动人。我们不能不感到：在卞先生自己的晚年，随着一种力量的灌注，他一生的“辛劳本身”也到了“开花、舞蹈”的时候了。

⑧ 茂盛开花、根柢雄壮的栗树，随音乐摇曳、出神入化的舞者，叶芝以此来表达他对生命和艺术至高境界的向往，而他自己的一生，最终成为这种诗人与诗歌、舞者与舞蹈融为一体的光辉化身。

苏佩维埃尔［法国］

于勒·苏佩维埃尔（Jules Supervielle），1884年出生在乌拉圭首都蒙得维的亚一个富裕的法国侨民家庭。但不幸的是，就在他出生后八个月，他的父母中毒身亡。后来，他到巴黎读中学。1900年，他十六岁时就创作了诗歌《昔日的雾》。他用传统的写法处理个人独特的主题：失去亲人的痛苦和对受苦受难人们的同情。

苏佩维埃尔现在被视为二十世纪法国诗歌的完成者之一。他虽然算不上一位创新者，甚至屡被排斥在现代诗歌之外，但他以心灵的悲惨而神秘的力量，迫使人们叹赏他的诗集。他一向被称作“谦卑的苏佩维埃尔”。

苏佩维埃尔既是法国人，又是乌拉圭人，曾在巴斯克地区和拉丁美洲两地生活，一生都喜爱牲口，依恋海洋，醉心于秘密。他的整个生命过程是如此简单、内向、不安、疲倦，以致现代诗歌的浪潮与他交臂而过。他的诗仍保留着对古典诗韵、尤其是六音节或八间节短诗句的偏爱。

1918年，苏佩维埃尔定居巴黎，此后每隔四年回乌拉圭小住一段。他与纪德、瓦雷里等保持着通信关系，不介入当时的超现实主义运动。可以说，他是战前活跃在超现实主义圈外最有影响的诗人之一。

二十年代、三十年代是他诗歌创作最旺盛的时期，发表过二十余册诗集。《站台》、《向心力》、《无罪的苦役犯》、《陌生的朋友们》、《悲惨的躯体》，也许是他最重要的诗集。

苏佩维埃尔最初的诗歌世界十分清新，他歌颂潘帕斯的地平线，神态悠然的水牛，以及从大客轮上见到的大西洋，诗中流淌着一种对世界的恬静而愉快的体验：词汇简单，节奏舒缓，娓娓倾吐，奏响着一种轻轻的音乐。

但慢慢地，诗人在现实里变得越来越惶惑不安。一些莫名的焦虑和阴影使他躲进自己受幻想庇护的内心世界里。从此他的诗里更多地浮现出受惊吓似的恐惧，飘忽不定的景象以及各种悲辛的影子。他似乎一生都靠写作来驱散死亡的阴影，而在他低声倾诉的语言里面，在他最终抵达的宁静里面，其实隐藏着一种多么隐秘的悲怆！有时人们感到，苏佩维埃尔成了一座完整的孤岛，完全不把自己置于现实之上。终于，在现实和非现实之间，他从守秘的动物身上获得了寓言的意义，以求摆脱人类的束缚：大象由于想使自己变轻，变成了一只蝴蝶。他喜欢提及死人和溺水者，因为他们身上有深奥的秘密。在诗人的晚年，死亡的恼人的阴影折磨着他患病的心脏，支配了他最后的诗篇。

除了诗歌，他还发表了哲理故事《潘帕斯草原上的男人》，以及长篇小说《偷小孩的贼》、《幸存者》，也创作过中短篇小说多部，较著名的有《大海的孩子》和《诺亚方舟》。他的小说有着散文诗的美，显示出诗人擅长写散文的才华。

在苏佩维埃尔的诗歌中，我们能够看到旧诗的魅力和现代诗不安的奇妙结合。他的诗不知不觉已带给我们幽深清新的梦想，高深莫测的宁静。他那秘密而悲辛的大海让我们既感到透明，又感到黑暗深处的压迫。在他的领域里，其实就像在他的十分现代的密友亨利·米肖的领域里一样，独特性基于独特的内心方向。他认为，“诗人是寻找但又担心找到自己思想的人”。

他在下面这段话里道出心声：“我一生的每一时刻都渴望做梦，都渴望赋予每一时刻以美人鱼的虚构形体，多亏这样，我才能够在人们不给它以诗歌的接待时，欢迎诗这个仍无定形、总是可怕的奇迹。”

（树　才　译注）

灵 魂[1]

它有时耸立在大海的涛声中
或者自由地穿过针眼
它有时笼盖一座大山
用它明净的衣裳，

它歌唱，像小伙子，像姑娘
它闪烁，时而遥远，时而贴近
像一支烛，像一颗星，它噼啪作响
永远不慌不忙，[2]

它从你走向我，不被看见
在风中，它筑巢，就像在树枝上
让我们寻找它吧！别动，在这颤栗的夜里
一丁点儿声响已将它杀死。[3]

① 这首诗以“灵魂”为题，令我震惊。读后，我更震惊：写得那么美，又那么实在。每一句诗都落实到具体细节，最虚无的东西，刹那间变成最可见的实在。这首诗是“以实写虚”的典范。我的译文，追随其“美”而不得，仅得其“象”而已。

② 这一节写“灵魂”的声音。灵魂有它的声音部分。诗人连着用了四个明喻：灵魂歌唱时“像小伙子，像姑娘”，闪烁时“像一支烛，像一颗星”……但这里隐着一种奇异的修辞力量：通过明喻来颠覆明喻，读者的目光来不及停留，就被引向另一个形象。

③ 这句诗写得惊心动魄！“一丁点儿声响”已足以“杀死”(灵魂)? 是的。绝对！诗人把“灵魂”如此具象化之后，又把它归于“寂静”。是的，灵魂就是寂静本身。万物从那里显身，又在那里隐遁。

小 径

——别碰[①]
旋转过去的舞者的肩！
他将返回
这是夜
没有星星，没有月亮
也没有一朵云，
——这整座天空
这月光，这月亮的步履
和这太阳的喧响
会变成什么？[②]
——你必须等待
第二个舞者
他像第一个那样强有力
他也将旋转过去。[③]

---

① “别碰”——起句多么干净有力！一种陡然的震慑之感被激起。接下来写到“舞者的肩”，就非常自然了。一首好诗总是一起句就有一种抓心的力量。

② 问得天真，同时也问得辽阔！夜，天空，月光，月亮的步履，太阳的喧响……“会变成什么”？诗人此时已经透漏，舞者没准也可以是这“月亮”？这一询问，把诗情引入神秘之境。

③ 这一句同第三句“他将返回”相呼应。“小径”何以为题？一切都从中“过去”（当然包括舞者）。

抓 住

*

抓住，抓住夜，苹果和雕像，
抓住影子，墙和街道的尽头。

抓住脚，熟睡女人的脖颈
然后打开手。多少只放飞的鸟

多少只迷路的鸟，变成了街道，
影子，墙，夜，苹果和雕像。

手，你会把自己磨损
在这重大的游戏中。
应该将你斩断
某一天，齐根斩断。①

*

这躲在人们臂弯里的记忆，通过烟和叫喊，
像一位从火灾逃出的年轻妇女，
应该把她在记忆的白床上放平，窗帘拉开
并且，细心地看她。
别让任何人进这房间！
现在那儿有一具伟大的一丝不挂的肉身
和一张永远哑默了的嘴
它叹息着：“爱情”，用它真实的嘴唇。

*

这张脸上的大眼睛，
是谁将你们放在那儿？
你们是哪一艘
无桅船上的船员？

是从哪一次撞船后
你们就这么等待

整夜睁开着?

一堵舷墙的黑色火焰
惊讶但屈从于
暴风雨的法则。

幻想的囚徒,
当午夜敲响
压低一点睫毛
为了重获勇气。

*

你走向他,大平原的女人,
渴望的灰色情结,同太阳的距离。

你的嘴唇突然被霜覆满
当他缓慢的脸渐渐接近你。

你说着,你说着,微弱赤裸的词

终于抵达他，雕像的千言万语。

你把这男人变成了一间石头屋子，
一个光滑的日夜盲目的正面。

难道他不能在他的墙里挖一扇窗，
一扇门，向外走出去六步？

*

抓住，当一切离我而去，
用怎样的手
抓住这思想，
用怎样的手
最终抓住白昼
抓住它脖颈的皮，
像抓住一只活野兔那样
抓住摇晃的日子？
来吧，睡眠，帮帮我，
你会替我抓住

那我所不能抓住的，
睡眠有一双更大的手。②

*

我耳朵上的一张脸，
镜子的一张脸，
前来投靠黑夜。
“美丽的脸，留下来，守夜吧，
留下来，但别把自己点亮。
在你身边的，
是一个男人和他的睡眠
让他们一起走进
阔大的森林——
低垂的叶片
如同闭合的眼皮，
鸟在翅翼下歌唱
在黎明时醒来
为了沉默和凝望。
——睡吧，我倾听并凝视着

地球是不是总在那儿，
树木是不是树木，
道路是不是服从，
而你昨天发现的
崭新的星球是不是
还在光滑的天空闪烁
并靠近我们的空气。
睡吧，当房屋
在它们的力量和楼层里
厌倦了年龄
一瞬间消失。
透过这沉沉的睡眠，
这将你我分开的
山峦的白色链条，
——我听见的是不是你？
我是在古老的地球上吗？
那儿，距离就像
我的掌中纹路，
没有人知道是谁将它们聚拢。
——在每一棵草每一根茎上

在飞逃的鱼群上
我守夜并替你保护它们,
我为明天拯救它们。
而你也将找到
为了给你披露这个世界
那些昆虫,眼睛的
痛苦和时辰的声音。
"让睡眠来带走你吧。③
你的床已经在回忆
自己曾经是一个摇篮。
愿你的双手打开,
放走力量和弱点,
愿你的心和你的大脑
最终拉开它们的窗帘,
愿你的血也能平静
为了不打扰黑夜。"

---

①"抓住"是这首诗的愿望,也是这首诗的节奏。一系列"抓住"的动作,不正是人手的渴望吗?但刚到第4小节,诗人就言明了:

"手，你会把自己磨损！"抓住，不过是人类生存中一种"重大的游戏"吧。

② "睡眠有一双更大的手"：人类的手最终被"睡眠"之手抓住，并且握在它无边无际的掌心里。睡眠，总是对死亡的一种隐喻，至少在我看来。

③ 果然，诗人祈请"让睡眠来带走你吧"。如同死亡，睡眠也需要祈请。睡眠不是你想让它来它就会来的，所以人间有"失眠"之苦。从这首诗，我们可以读出，诗人是多么经常地被死亡的阴影所缠绕，但他因此洞悉了一切"抓住"的虚在本质。人，终将松开手，不管曾经抓住过什么。

在我肉身的遗忘中

在我肉身的遗忘中
在我肉身触及的一切的遗忘中
我回想起你，①
在靠近陌生海洋的
一棵棕榈树的努力中
尽管距离遥远
这就是我发现的
造就你的一切。
然后我将你遗忘
忘得一干二净
我给你看在我身上
为了死该怎么做。②
我闭上眼
以便看见你返回
从我自身的最远处
你在那里孤零零的
差点儿死去。③

---

① 是我在“遗忘”，也是我在“回想”。回想起谁？你——或者那个叫“你”的人。这是一首回想之诗。可以说，一切诗都是回想之诗。回想的空间里，时间变得活生生。有了“你”，“我”（也许正是诗人）才找到对话的口吻。

②“为了死该怎么做。”这本来是个问题。能把人问噎住的大问题。但这里的口吻是轻松的，显出一种不经意。在诗的行进途中，嵌入这样的句子，有点像儿童游戏时说出的话，却能令人悚然一惊。

③“差点儿”！哦，你仍然活着。因为“闭上眼”后，一切都活过来了。从回想中，一切都活过来了，尽管“在那里孤零零的”。苏佩维埃尔的诗有细微之美，轻颤之美，就像心脏的微弱搏动。

第二个我[①]

一只小家鼠跑了
(可不止一只)[②]
一个女人睡醒
(你怎么知道?)
门吱嗯作响
(它今早刚上过油)
靠近围墙
(墙已不再存在)
啊!我没什么可说了
(那好,你闭嘴吧!)
我不能动弹
(你走在路上)
我们这是去哪儿?
(是我在问你)
我在地球上孤零零的[③]
(我比你更孤单,
我能看见你的脸

但从来没人看见过我）。

---

① 原文为拉丁文：ALTER EGO。我之中，究竟有多少个“我”？“第二个我”，又是哪一个我？本我，我的本来之我？大概是吧。总之，这首诗有趣极了。读完它，这几个拉丁文也就不难理解了。

② 一句诗，然后另一句。头一句在露天，下一句在屋内。整首诗以此为结构。很妙！头一句与下一句恰如对话，形成对立，产生张力。

③ 还是强调“孤零零的”。但“第二个我”居然咕哝“我比你更孤单”。所以，有比孤零零更“孤零零的”：那该是“孤零零零零”了！

黑塞［瑞士］

赫尔曼·黑塞（Hermann Hesse），1877年出生于德国西南部巴登—符腾堡州卡尔夫市（Calw）。他的祖父是来自波罗的海的日耳曼人，父亲出生在俄国统治下的爱沙尼亚，后作为传教士在印度传教，会说印地语。他的母亲出生在印度，外祖父是德国传教士和印度学者，外祖母是法裔瑞士人。黑塞父亲回国后成为未来岳父的助手，爱上年长自己四岁会唱歌的老板千金，而她其时已是两个孩子的寡妇。婚后第三年生下赫尔曼，拥有德国和俄国双重国籍。

黑塞的家庭书香弥漫，充满异国情调，使他很早就有世界公民气质。可是，随着年龄的增长，他的性格变得倔强，加上受父亲逼迫进神学院，导致了他的叛逆，曾在旷野度过一天，与父母的冲突不断升级，甚至有过自杀倾向，不得不辍学。在精神病院治疗过一段时间后，黑塞先后在卡尔夫和大学城图宾根的钟表店和书店当学徒，阅读了大量的文学和哲学著作，并开始文学创作。二十七岁那年，他辞去书店工作，成为自由撰稿人。

虽然黑塞喜欢歌德、尼采，却钟情于浪漫派，尤其是荷尔德林和诺瓦利斯，被誉为“德国浪漫派最后一位骑士”。1896年，他出版了一部诗歌小册子《罗曼之歌》。次年他收到一位女粉丝的来信，出版商的丈夫为了取悦她，出版了黑塞的散文集。可是，这两本书商业上完全失败，诗集只卖出五十四册，甚至他的母亲也责备它太过世俗。随后黑塞的身体状况欠佳，他因为眼疾免服兵役，连同神经紊乱和头痛症，伴随了他的一生。

二十世纪初，黑塞来到童年生活过的巴塞尔，先后在一家古籍书店和博物馆工作，接触到更大的文学圈子和知识阶层。1901 年，他实现了梦寐已久的意大利之旅。次年他的母亲去世，他因为担心加深绝望而没有出席葬礼。幸好他的写作及时取得了成功，尤其是《彼得·卡门青特》的出版，给他带来了声誉，此小说风靡了德国，成为弗洛伊德“最爱的读物之一”，使其有能力依靠写作谋生。

文学声望也带给黑塞意中人，1904 年他与年长九岁、和母亲同名的钢琴家结婚了，她来自著名的数学世家贝努利家族，后生育三子。但这只是他三次婚姻的第一回。婚后安家在德国和瑞士交界的康斯坦茨湖边，潜心写作，并对佛教产生兴趣，后来出版了《悉达多》。黑塞于 1911 年去锡兰、印度尼西亚、新加坡、马来西亚和缅甸旅行，回来后他迁居瑞士伯尔尼。一战期间他谴责民族主义和帝国主义，编辑杂志供德国俘虏阅读。

1919 年，黑塞独自前往意大利语区的堤契诺州，在卢加诺湖边小村蒙太格诺拉安家，同时开始画画。他于 1923 年加入瑞士籍。1924 年，他娶了一位歌星，她是超现实主义艺术家奥本海默的姨母。五十岁那年，黑塞出版了力作《荒原狼》，描写了一位中年知识分子生活和精神上的冲突。

随后，他第三度结婚，新娘是一位艺术史家。1943 年，黑塞出版了巨著《玻璃球游戏》，再次探讨生活的两重性。三年后，他获得诺贝尔文学奖。

黑塞在生命的最后二十年，重又集中精力写诗，主题包括自然，孤独和彷徨，故乡和母亲，黑夜和死亡。据说他后半生居住的小村宅第门口，经常挂着“谢绝来访”的牌子。可以说，黑塞既喜欢漫游又钟爱冥想。其作品不以情节曲折取胜，而是以展现内心冲突撼人。可能是受精神分析的影响，加上亲自接受过治疗，他以炉火纯青的剖白、梦境、幻想、隐喻、象征、意识流等技巧凸现了人类的内心世界，令人叹赏。

（蔡天新　译注）

越过田野[①]

越过天空，云彩在飘动，
越过田野，风儿在吹拂，
越过田野，流浪着
我的母亲那迷途的孩子。[②]

在街巷上方落叶飞舞，
在树林子里鸟儿鸣响——[③]
在山那边的某处地方，
必定有我遥远的故乡。

---

① 此诗写于青年时代，有一种大写意的绘画感，无愧于一个画家的视野。

② 不说我，却说母亲的孩子，这是一种发明。

③ 倘若第一节结尾没有句号，我更愿意把这两行译成："越过街巷，叶子飞舞 / 越过树林，鸟儿鸣响——"

日子多么难熬[①]

日子是多么的难熬。
没有火可以温暖我的心，
没有太阳对我笑盈盈，
一切皆空，
心灰意冷，没有怜悯，[②]
纵使可爱清朗的星辰
也冷冰冰地俯瞰我，
自打我心里明了
爱情也会死去。[③]

---

① 原意是“日子多么沉重”，但在汉语里，“沉重”容易让人联想起“沉甸甸”，故而改译“难熬”。

② 怜悯这个词用得准确，失恋属于个人的事情。

③ 写这首诗时作者 34 岁，对诗人来说痴恋期比常人久长。

人生的阶段[1]

所有的花会凋谢，容颜会衰老
人生的每个阶段也会终结，
还有美德，我们掌握的智慧，
盛开之时，不会永远留驻。[2]
每时每刻，听从生活的召唤，
随时准备告别过去，迎接
那些新的挑战，义无反顾地
改变姿态摆脱那旧的约束。
每次新的开始都有一种魔力
保佑我们，帮助我们成长。
欣然跨过一片又一片空地，
不把任何地方当作故乡留恋。[3]
我们不会被普世精神束缚，
相反它会开阔我们的胸襟。
假如我们安于某种现状或境遇，
过得安逸，就会麻木不仁。
我们必须准备好出发和离开，

否则会成为一成不变的奴隶。

纵使死亡的时刻来临，也会

把我们送往那全新的地方，[④]

生活的挑战依旧在前方召唤，

来吧，心儿：告别永无止境。[⑤]

---

① 原文的意思既是阶段，也是舞台，这一双关的含义凸显了人生的意义。此诗是黑塞的名作，出现在作者的长篇小说《玻璃球游戏》中，后者帮助他获得了诺贝尔文学奖。

② 这句进一步补充了上句，人生不仅分几个阶段，且各个阶段的美德和智慧也有所不同，需要与时俱进、与己俱进。

③ 不留恋过去，永远向前看，这是一种积极的人生态度，也可能是诗人对自己的自我鼓励。

④ 对来世的向往，一种平静的心态。在某种意义上也说明了，诗人对年华逝去的感叹和对生命的留恋。

⑤ 告别永无止境的等价语是，出发也永无止境。此诗充满了哲思。

旅途之诗[①]

别垂头丧气，夜晚很快会降临，
当清幽的月光将她隐秘的笑容
洒落在昏黄的乡村，
我们会搂抱着睡去。

别垂头丧气，白昼很快会到来[②]
当我们将小小的十字架并排竖立
道路那明亮的一头，
雨会落下，雪会落下，
风儿也会跟着吹过。[③]

---

① 这首诗作于旅途中，但国度不明。黑塞年轻时喜欢漫游，晚年隐居瑞士湖畔。比较上一首，有爱的时候就是不同。

② 两节的起首一句相似，表明作者对早晨和黄昏均有期待，全天候甜蜜时刻。

③ 最后两句是全诗的眼睛，使整首作品生动鲜活。

诗 人

入夜，无穷无尽的星星
只为我这个孤独的人儿闪耀 ①
石上的喷泉哼着诱人的曲子
只为了我，孤独的人儿
漫游的云彩的身影
梦一样掠过空旷的原野
房屋和农庄不属于我
森林和狩猎的领地也不属于我
属于我的不属于任何人
屋舍后头那奔腾的小溪是我的
丰饶的大海是我的
嬉戏的孩子们发出的鸟样的喧闹是我的
寂寞的夜晚秘密情人的眼泪和歌声是我的
诸神的寺庙是我的，还有
往昔的贵族的小树林也是我的 ②
未来天空那发光的穹顶
仍旧还是我的家乡

我的灵魂常常张开翅翼飞升
凝视未来那些幸福的人们
不合常规的爱情，人类的爱情
我都找回来了，重又变得高贵
农夫、国王、商人，忙碌的水手
牧人和园丁，所有这些人都在
满怀感激庆祝未来世界的节日
唯独诗人消失不见
那个孤独的观察者
人类梦想的承载者，③ 苍白的象征
他不再需要未来，不再需要
世界的自我实现。在他的墓旁
许多花环枯萎了
但没有人记得他 ④

① 用无穷来对应一个，更显示后者的孤独。

② 一口气罗列了 6 个只属于我的事物，彰显诗人的自豪感和神秘感。

③ 给诗人下了定义：孤独的观察者、梦想的承载者。

④ 虽然有许多人来诗人墓前献花，但并没有在心里惦记他。或者说，人们记忆里的他不是真正的他。此诗把诗人的孤独推向了顶点。

桑德拉尔［法国］

布莱斯·桑德拉尔（Blaise Cendrars），瑞士法语诗人，越来越多的人开始把他视为大师级的人物，他的旅行生涯和他的文学经历一样丰富而充满色彩。1887 年，桑德拉尔出生在瑞士靠近法国边境拉绍德芳的一个讲法语的中产阶级家庭，原名弗雷德里克·路易斯·索塞。他的家人最初把他送入一所德语寄宿学校，但他并不喜欢，从那里逃走。后来又被送入当地的学校，但他的学习兴趣仍然不大。十七岁那年，他由于成绩不好离开学校，给一个在俄国的瑞士钟表匠当学徒，并跟随他游历俄国。他的写作生涯据说是从彼得堡开始。1907年，他回到瑞士，在伯尔尼大学学习医学，这期间他写下了第一首诗《断片》，从中可以看到果尔蒙的影响。

1911年，桑德拉尔在巴黎短暂停留后去了纽约，第二年4月，他写下了长诗《纽约的复活节》，这是他对现代文学运动的一个重要贡献，这首长诗他第一次用了布莱斯·桑德拉尔的署名。同年夏天他回到巴黎，开始意识到诗歌是他的使命。他和几位无政府主义的朋友一块办了份名为《新生》的杂志，并广泛结交艺术家和作家，如夏加尔、莱热、萨维奇、莫迪里阿尼、萨基、阿尔西品科、吉恩·雨果、德洛内。特别值得一提的是，他遇到了阿波里奈尔。两个人彼此心仪已久，惺惺相惜，在创作上也受到对方影响，甚至有人认为，阿波里奈尔的《区域》就是在《纽约的复活节》的影响下创作的。

一战爆发后，桑德拉尔和意大利作家卡努多呼吁作家们加入法国军队参加战斗。他本人身体力行，参加了外国志愿军前往索姆省前线，从1914年12月中旬到1915年2

月他一直坚守在那里，表现很英勇，《严厉的手》和《我屠杀》等书记述了他参战的经验和对死亡的思考。在 1915 年 9 月香巴尼的一次激烈战斗中，一枚弹片击中了他的手，他被截去右臂，因此离开部队。他在战争中的上佳表现使他获得了一枚勋章和法国国籍。不久，在一位朋友的介绍下，他认识了尤金娜·埃拉朱莉兹，被她房间中装饰的简约风格所吸引，得到了灵感，写下了组诗《从深蓝到靛青》。他和埃拉朱莉兹住在比亚里兹的房子里，其中一个房间装饰着毕加索的壁画，这期间桑德拉尔成为人们关注的一个重心。亨利·米勒称他为自己的偶像，一位他崇敬的作家。

战后他涉足意大利、法国和美国的电影业，因为资金的需要，在 1925 年后他停止出版诗集，集中创作长短篇小说。二战期间，法国被纳粹占领，桑德拉尔经历了一系列不幸。盖世太保将其列入法国的犹太作家的名单中。1950 年，桑德拉尔结束了他的旅行生涯，在巴黎定居下来。1961 年获得巴黎文学大奖，不久就告别了人世。

桑德拉尔自称世界公民，他一生除了文学创作，还从事过很多职业。他是旅行家、电影制片人和艺术批评家，甚至也是一位很成功的商人。但无疑旅行是他的最爱，对他的创作也产生了重要影响。他去过世界上的很多地方，通晓多种语言。据说他还到过北京。他自己曾说，在那里他靠为火车加煤谋生。他兴趣广泛，对新事物倍感兴趣，在作品中他讴歌飞机、电影、摩天大厦、爵士乐、时装和好莱坞电影。除诗以外，他也写散文、随笔和小说。他认为，生活与写作不可分割，文学只是生活的一部分，这一点通过他个人的写作可以证明。

他的诗简省，擅长用断续的、有省略的节奏传达经验，经常出现奇妙的比喻、感情、联想，这些有时会产生惊人的效果。他的小说《东冲西撞》赞美了历险的生活方式，带有某种自传性质。这里介绍的几首诗都与旅行有关，译自米沃什编辑的《明亮事物之书》。

（张曙光　译注）

阿留申群岛①

1

高耸的悬崖被寒冷的极风抽打
在繁茂的草地中央
驯鹿麋鹿麝牛
北极狐海狸
小溪里挤满了鱼
一片浅滩准备着养育海狗
悬崖顶上聚集着绒鸭②的巢
它的羽毛是一笔财富。

2

巨大而坚固的楼房遮掩住
数量众多的商船
周围一座小花园，所有能够
抵御严厉极地气候的植物
被连结在一起
花楸松树极地柳

石南花床和高山植物

3

海滩被多石的小岛拦阻
五六群海豹在晒着太阳
或在沙滩上伸着懒腰
它们一块用沙哑的声音吼着
那声音就像是狗叫
挨着爱斯基摩人的小屋
是一所毛皮交易的货棚

---

① 阿留申群岛（Aleutian）为阿拉斯加半岛的一部分，位于太平洋北部，是分隔白令海与太平洋的火山岛群。岛上几乎无树，覆盖着丛生的野草和开花植物。这首诗像一组缓缓移动的镜头，把岛上的景色准确客观地展示给人们。

② 绒鸭，大型海鸭。冬天会到南方的法国、新英格兰和阿留申群岛去过冬。

鱼 湾[1]

水是那样清澈和平静

在深深海底你可以看到白色的珊瑚丛

悬挂着的水母多彩地摆动

黄粉紫色[2]的鱼儿逃走

在波动的海藻底部浅蓝色的

海参和绿紫色的海胆

① 此诗极力写水的清澈，从这片透镜中，可以看到一个神奇的海底世界。全诗注重描写水下的色彩。

② 黄粉紫色：诗人在把这些色彩并置在一起，来形容鱼的多彩。

收　获①

一辆六汽缸的汽车和两台福特停在田野中央②
从每个方向直到地平线，细微
倾斜的刈痕交叉于起伏的
菱形的棋盘图案中③
没有一棵树
北面传来电动脱粒机
和运饲料马车的隆隆声和嘎嘎声
从南边驶来十二节空火车
装运着小麦

① 写收获季节的乡村景象。没有写到人，只是写了田野、收割和运输工具，画面单纯静谧，但忙碌和欢欣自在其中。

② 六汽缸汽车和福特牌汽车被放在画面的中心视点，由此向外辐射，表明桑德拉尔借用了绘画的手法进行构图。

③ 指收割后的田野，像一幅几何形状的图案。

南　方

坦帕①
火车刚刚停在一个车站
只有两个旅客在
这灼热的迟夏早晨下车
两人穿着卡其布外套②戴着木头盔
两人后面跟着一个黑人仆人
带着他们的皮箱
两人的目光不经意地扫过房屋
它们在太蓝的天空中显得太白
你会看到风卷起灰尘，苍蝇
围着唯一出租车的骡子③嗡嗡叫着
赶车人睡着，嘴大大地张开

---

① 坦帕（Tampa），美国佛罗里达州西岸港口城市，位于希尔斯伯勒河口，临坦帕湾，是有名的旅游度假胜地。这首诗像一幅速写，描绘出度假地车站附近的风情。那两个客人来自哪里，是什

么人，我们不得而知。这些都不重要，我们只是把目光集中在他们身上，然后又从他们的视角感受一下南方盛夏的景色。而出租马车的赶车人的睡着，也衬托着南方城市的酷热和慵倦，将我们带回到上个世纪初期的景色中。

② 卡其布（khaki）是一种由棉、毛、化学纤维混纺而成的织品。卡其布最早是由布尔战争中的英军所穿，在一战中加拿大将其作为军服。穿卡其布和带着木盔可能是当时比较时尚的装束。

③ 最早的出租车是单马双轮轻便车，这里的马用骡来代替。

弗里斯科[1]

这是一具被铁锈吃掉的古老身躯
引擎修理了二十次速度还没有
超过七到八节[2]
为了节约费用炉渣和废煤是它
唯一的燃料
代用的帆只要在顺风时就会升起
有着红润的脸浓密的眉毛长着疙瘩的鼻子
霍普金斯船长是一名真正的水手
细小的银耳环挂在他打孔的耳朵上
船上的货是专门的中国棺材
那些人死在美国却希望
被葬在故土
长方形的盒子[3]被涂成红色淡蓝色或印着
金色的符号
正好是禁止上船的那类货物

① 弗里斯科（Frisco-city），旧金山（San Francisco）的别名，美国城市。位于太平洋与圣弗朗西斯科湾之间半岛的北端，为著名的港口城市，那里曾有很多华人劳工。这里写到的只是从那里启航的一艘破旧的货轮，借以表现华工们的悲剧命运。

② 节：海上船舶航行速度的计量单位。一节相当于每小时行驶 1 海里（1 海里 =1852 米）。

③ 指偷运回国死去华工的棺材。

佩斯［法国］

圣－琼·佩斯（Saint-John Perse），1887年出生，1960年诺贝尔文学奖得主。佩斯的一生主要干了两桩事情：搞外交，写诗。如果说是佩斯选择了外交职业的话，那么最终是诗歌选择了佩斯作为诗人。

佩斯从事外交是听从了另一位法国大诗人克洛岱尔的劝告的缘故。1916年至1921年，他在法国驻北平大使馆当秘书。这期间他写了《阿纳巴斯》。佩斯后来做了大使，又升至外交部秘书长这一高位。整整十六年，佩斯没再写诗。“情势使我置身于文学活动之外”。佩斯事后这么总结。

历史给了佩斯返回诗歌的机缘。出于正义，更是出于对人类命运的关怀，1940年，佩斯流亡到美国。因为得了闲暇，因为这是充满回忆和痛苦的闲暇，诗的激情必然地从佩斯身上找到喷发口。佩斯的命运也许昭示了这么一个道理：是否有能力诗意地生活，这才是一个诗人成长的关键。

《赞歌》(1911)、《阿纳巴斯》(1924)、《流亡》(1942)、《风》(1946)、《海标》(1957)、《编年史》(1960)和《鸟》(1963)，这些是佩斯的主要诗歌作品。佩斯的诗少，但了不起的是，几乎篇篇精粹。

从他诗歌的气势来看，当属雄浑有力、色彩丰富的一类；从语言质地来看，又属诗意洋溢、精练简洁的一类。一般来说，如果雄浑有力，则诗难免失之粗疏；如果精练简洁，则可能力量不足。佩斯却把这两点和谐地统一起来。

佩斯的诗，结构灵活，精巧而复杂。他的作诗法算得上自成一体：有时一句诗只是一个简单的祈祷句，有时整节诗又是一个滔滔不绝但富于节奏的散文句子，这使诗行伸缩自如。佩斯并不刻意讲求对称，但每一句诗都融入到所属那段诗的整体之中，而每一段诗又构成所属那页诗有机的一部分，最终，每一页诗又把自己奉献给整首长诗的统一布局。这种一环扣一环的写法能把散乱的片断连成一个和谐的整体。他的长诗呈现出后浪推前浪的磅礴气势。也许佩斯是在对大海的观察中领会并确认了这一点。

佩斯诗中的细节描写总是具体而准确。确实，诗人依靠“碎片”想象。丰富的细节之上，他的瑰丽想象建构起一个神秘的超现实空间。我们应该用丰富的知识去理解佩斯的专有名词，关于动物、植物、考古、航海等等，但我们更应该用悟性去洞察诗人的想象、激情和灵魂。在他的诗中，经过时间和心灵的多重过滤，一切都粘上了灵魂的色彩。

佩斯的诗是激情和想象的混合物，大自然则是其全部作品的背景。这位大旅行家从来不是为了旅行而旅行。他对大自然的体悟，他对人的命运的关心，他对神秘事物的探求，都融入到他的长诗中。他调动一切可以调动的语言手段，使一篇长诗的各个部分既独立成篇，又和谐一体。

佩斯的诗，宜于大声朗读。我在译《阿纳巴斯》时，常常情不自禁地朗读起来，使我能够追随诗句的节奏，体会其中微妙的停顿、断句、转折，进而把握其内在的气韵。他常常将介词和动词嵌入句子中间，使每一个词像链环一样互相咬住。他的全部作品构成一首气贯长虹的歌，不绝地回响在天地之间。

在佩斯的诗歌世界中，某种悖论一直起着作用：明明是具体的细节描述，但一经想象，展现的却是另一层精神空间；明明是历史造成的一己的流亡，但一经沉思，披露的却是整个人类的流亡境况；明明是深知现实局限的外交家，但一经超脱，却凭借自己的词语，在由过去、现在和未来贯通的广阔天地中，自由自在地游历……

佩斯的诗超脱于本世纪令人瞩目的诗歌流派之外。他赞叹内在的神奇精神却没有赞叹上帝。在虚无和意义之间，他的诗保持了某种平衡。

在我的印象里，二十世纪的法国诗忧郁，这跟巴黎的秋天有关；同时，法国诗好沉思，这跟马拉美的耐心有关；法国诗也通灵，这跟兰波的文字炼金术有关；但说到法国诗的华美瑰丽，我肯定最先想到佩斯。

（树　才　译注）

阿纳巴斯（节选）

歌

一匹幼马出生在青铜叶簇下。①一个男人把一些酸涩的浆果捧到我们手中。异乡人。他路过。于是传闻另一些省份更合我的意……“我的女儿，在今年最高大的这棵树下，我向你致礼。”

※

因为太阳进入狮子座而异乡人把手指探进死者的嘴。异乡人。他笑。②并跟我们说起一处草地。啊！外省轻风荡漾！一路上我们多自在！喇叭是我们的快乐，精美的羽毛激怒了飞鸟的翅膀！……“我的灵魂，了不起的女儿，你当年的姿态可不是我们现在这样。”

※

青铜叶簇下，幼马出生了。一个男人把这些酸涩的浆果捧到我们手中。异乡人。他路过。于是从青铜色的树里爆出一声巨响。③沥青和玫瑰，献歌！雷鸣和屋内的笛声！啊！

我们一路上多自在！啊！今年的事件可真多，异乡人风尘仆仆踏遍大地上的道路！……“我的女儿，在今年最美丽的这件裙子前，我向你致礼。”

1

在三大季节之上我荣幸地确立自己，我为这方由我立法的土地悉心问卜。

兵器在早晨是美丽的，还有大海。不见扁桃的大地任我们的马群驰骋，展现给我们这永不腐败的天空。[④] 太阳未被命名，但它的威力在我们中间

早晨的大海就像精神的傲岸。

威力，你在我们的夜路上歌唱！……在圣洁的晨曦中，我们对梦，我们的长子身份，都知道些什么？

同你们在一起还有一年！粮商，盐贩，共和政体放在准秤上！

我绝不会拢手呼喊对岸的人。我绝不用珊瑚粉在斜坡上划定

通都大邑。但我想生活在你们中间。

营帐门口一片灿烂！我的力量同你们在一起！纯洁的思想像盐粒在白日扎下根。

※

不过我经常在你们的梦幻之城出人，并在空寂的市场敲定我灵魂的纯粹交易，在你们中间。

我那无形的灵魂频频闪现如同烈风中的荆棘之火。

威力，你在我们的辉煌征途上歌唱！……“精神的每一根矛都尝到盐的喜悦……我将用盐激活欲望的干枯嘴唇！

兴叹渴却从未在头盔里饮用过沙漠泉水的那个人，在灵魂的交易中我信不过他……”（太阳未被命名，但它的威力在我们中间。⑤）

人啊，尘俗众生，三教九流，生意人，闲人，边疆人，外地人，呵，在这些地区的记忆中无足轻重的人；来自谷地、高原和远离我们河岸的世界屋脊的人；嗅出征兆和缘由的人，西风的倾听者；足迹和季节的追踪者；黎明微风中的拔营者；呵，在地壳上寻找水眼的人；呵，探寻者，呵，找到理由远走高飞的人，

你们可别去贩卖更咸的盐，当早晨，在高悬于人烟之上的死水和王国的预兆中，流放的鼓声在边地惊醒永恒——

它正朝沙漠打着哈欠。⑥

※

……身披洁净长袍走在你们中间。同你们在一起还有一年。“我的光荣在海上，我的力量同你们在一起！

这股来自彼岸的风，被许诺给我们的命运，并且，在时间的种子的更远处，在天平梁，把一个世纪的闪光送到它的至高点……”

数学悬于盐的浮冰！在我额头的敏感点，诗的诞生地，我记下全民族这最令人心醉的歌，献给我们

造出不朽船体的一处处工地！

3

大麦收获季节，男人出动了。不知谁逞强地在我的屋顶上说话。此刻众王坐在我家门口。那位使节与众王同桌宴饮。（该用我的粮食供奉他们！）度量衡检察官沿大河而下，胡子上粘满

各种昆虫壳和麦秆屑。⑦

滚开！你令我们惊讶，太阳！你竟对我们说出这样的谎话！……骚乱和争端的挑动者！以咒骂和吵闹为生，哦，你这投石党人！把我的眼瞳砸开吧！我的心在石灰的壮观下乐得吱吱叫，鸟儿唱道：“哦，暮年！……”河流在河床上像

女人的欢叫，这世界比一张染红的牡羊皮更美！

哈！我们墙头这些叶片的历史更壮阔，水也比梦中更清纯，感谢上苍，这不是一场梦！我的灵魂充满谎言，就像志在雄辩而且敏捷强悍的大海！浓烈的气味包围我。而怀疑从事情真相上升起。假如某人以自己的忧伤为乐事，并且大白天真这么做！那么，依我看，那人该杀，否则

会有一场暴乱。

雄辩家！我们奉劝你更好地谈论我们不可估量的教益。在海峡间犯下过失的大海何曾认清更褊狭的评判者！那个酒兴大发的男人，心狠手辣，像叮满黑苍蝇的糕点一样嗡嗡叫着，突然大放厥词："……玫瑰，紫红的快乐：我欲望中的宽阔大地，今晚谁能给它划定界限？…… 智者心中的暴力，今晚谁能给它划定界限？……"于是某个人，某个人的儿子，穷光蛋，

前来执掌符号和梦想的大权。

"开辟道路，让各族人民前进，露出脚跟的黄肤色：王公，大臣，嗓音嘶哑的三军统领；干过大事情的人，梦见万种风情的人……祭司颁布禁止妇人恋动物癖的法令。语法学家选定露天讨论的地点。裁缝把一件非常漂亮的丝绒新衣给

一棵老树穿上。染上淋病的男人在净水中洗涤内衣。有人在烧烤瘦羊的脊肉，气味直扑坐在凳子上的划桨手，

他闻着香喷喷的。”⑧

大麦收获季节，男人出动了。浓烈的气味包围我，比约巴河更清的水发出隔世之音……在荒年最漫长的白昼，赞美青草覆盖的大地，我不知道谁逞强地步我的后尘。被沙土、屎尿和盐层埋入地下的死者们，如今像糠皮一样，麦粒已被飞鸟啄走。而我的灵魂，我的灵魂在死者的门前大声报更——但是，告诉君王，让他别出声：我们中间，长矛尖

挑着这副马骷髅！⑨

4

这就是世界的进程。对此，我只能说好⑩——城市的建立。石块和青铜。黎明时分，几处荆棘野火

赤裸裸地映照出

这些巨大而光滑的青石如同寺庙和公厕的基础，

闻到我们烟味的航海者，看见大地，从地面到山巅，已经变了模样（从海上就能看到大规模的烧草肥田和山峦间那些水库工程）。

城市就这样兴建，并在早晨一个圣洁的唇音下落成。[11] 营帐从群岗间撤走了！我们站到木头廊道上。

光头赤脚沐浴在世界的清新气息中，

但我们凭什么取笑，凭什么取笑，从我们的位置上，一群群姑娘和母驴上岸？

从破晓起就聚集在帆影下的一大群人又在干什么？——麦粉运到了！……那队帆船在天空的白孔雀映照下比依利翁城还要高，驶过洲头，泊入

漂浮着一头死驴的这个死角。（这是条苍白的河，命运不济，泛着蝗虫被踩出汁液的那种颜色。）

对岸传来清脆的巨响，铁匠是炉火的主人！几声鞭响在新路上卸下几辆倒霉的板车。哦，母驴，青铜马刀下是我们的黑暗！四个倔强的驴头拴成一个拳结，衬着蓝天像一朵移动着的伞形花。房屋建造者在一棵树下停步，想把场址选在那里。他们跟我讲房子的朝向：阳面，阴面；红土廊道，黑石门厅，清幽的水池配上书房；阴凉的屋子宜放药品。接着，钱庄掌柜也来了，边走边吹着手中的钥匙串。街上一个男子在独自吟唱，属于额上画着鬼符神咒的那类人。（这垃圾成堆的街区总是蚊蚋嗡嗡！）……这不是跟你们谈同对岸居民结盟始末的地方；清水盛在羊皮囊里，鱼钱支付参加港

口工程的骑兵队和王公们。（一个孩子哭丧着脸，活像一只死猴——他姐姐却如花似玉——向我们兜售养在粉红色缎鞋里的一只鹌鹑。）

……孤独！一只大海鸟产下青卵，而早晨的海湾堆满金灿灿的柠檬！——这是昨天！大鸟飞走！⑫

明日节庆，满城欢闹，荚果树夹道，道路清洁部门一大早就清走了大块的棕榈碎叶，如同巨翅……明日节庆，

港务官选举，去城郊排练，冒着雷阵雨的湿热空气。

土黄色的城，被阴影笼罩，家家窗口晾出姑娘家的短衬裤。

※

……阴历三月，守在山岗上的人卷起了帐篷。一具女尸被送往沙漠焚化。一个男子走向大漠入口——重操他父亲的旧业：贩卖瓶装香水。

7

我们不会永久居住在这黄土地上⑬，我们的极乐……

比帝国更辽阔的盛夏在空间的版图上悬挂起好几层气候。广袤的大地在它的打谷场滚满灰烬下的残炭。——淡

黄色，琥珀色，不朽事物的颜色，草莽大地燃起去冬的麦秸——而从一棵孤树的绿色海绵中，天空吸取它紫色的精髓。

出产云母石的地方！风的长须里不见一粒种籽。——阳光如油。从眼帘的眯缝到同我连成一体的那线远峰，我了解那布满气孔的山石，光的蜂箱无声的蜂群；而我的心惦记着一窝飞蝗……

一匹匹温驯的母骆驼在剪毛，身上遍布紫色的疤痕，如同一座座山丘在农田般的天穹下延伸开去——它们静静地向着平原的炽热走去；最终跪倒在地，在梦幻的烟霭中，那里各个部族被大地的死灰堆淹没。

这些粗大静穆的线条融入若隐若现的葡萄园的青蓝之中。大地在各处催熟雷雨的堇菜；而沙尘从干涸的河床上腾起，如同飘飞着的世纪的碎片……

声音压低些好让死者听见，声音压低些在大白天。[14] 人心如此温柔，它能否找到自己的尺度？ ……“我向你诉说，我的灵魂！——我的灵魂为一匹马的香味而黯然神伤！”几只陆地的大鸟，驶向西天，模样就像我们的海鸟。

东方天空如此苍白，如同被盲者的亚麻布衫封住的一块圣地，静静的云层间，那些长出犄角的樟脑色巨蟹星体在旋转……一缕微风竟同我争夺烟！大地在它的昆虫胡须里耐心等待，创造出诸般奇迹！……

正午，当枣树拱裂坟墓的基础，人便合上眼皮，他的颈背在悠悠岁月里顿感清凉……死灰堆上梦幻的骑兵队，呵，一阵风吹乱我们脚下这些虚幻的道路！到哪里去找，到哪里去找那些新婚期间就去守卫河流的战士？洪水哗哗地涌向大地，大地的全部盐粒在梦中颤抖。而陡然，啊！这些陡然而起的声音要我们做什么？在河流的白骨堆上，请立起镜子，让它们在后来的世界里提起上诉！为我的荣耀，请立起石碑，为沉默立起石碑，而为了守卫这些场所，青铜骑士伫立在宽阔的河堤上！……

（一只大鸟的阴影掠过我的面颊。⑮）

---

①“一匹幼马出生在青铜叶簇下。”这是所谓“老实”的译法，语序完全依从原文。每一个懂法文的人都有能力这么译。对此我不

以为然。这是“歌”的第一句，该怎么唱响它呢？最好还是译成“青铜叶簇下，幼马出生了。”我在第3节一开头这么做了！

② 是的，“他笑”。译成“他在笑”或“他笑着”，怎么样？不怎么样。所以我选择“他笑”。翻译，就是译者替作者“在另一种语言里”做选择。

③ 佩斯的诗句有突兀之感。超现实的混合。这样的句子，真能让耳朵听见“巨响”，因为响声是“从青铜色的树里爆出”的。

④“马群驰骋”，其实是在辽阔的大地上，但“展现给我们这永不腐败的天空”，仿佛马群是在广袤的天空中飞翔。这是转换之法：由地而天，立体感出来了。

⑤ 诗的悖论：“太阳未被命名”，其实“太阳”已经得名。也许诗人是想指出“太阳”在它被命名之前已经照耀大地，当然至今仍在照耀。

⑥ 此句很妙：调皮，生动！写到“惊醒永恒”，一般人也就满足了，但佩斯还继续用力，把“永恒”进一步人格化，而且延伸进“沙漠”了。“哈欠”与“惊醒”，是妙应。

⑦ 叙述之后，引出对话。但诗中的叙述，总是隐潜着心境，它由叙述的视角折射出来。叙事：这是现代诗歌从“小说”那里想拿回本该属于它的部分。

⑧ 大段的对话，由诗人现场炮制，读来也“香喷喷的”。佩斯手法很多。手法多，又妙用，才成高手。

⑨ 跨行的自由。这一跨，真把“马骷髅”挑了起来，用“长矛尖”！当然，跨行得产生效果。写诗，不必总是不分行，也不必总是分行。

⑩“只能说好”，这就是诗人的“科学态度”。诗人面对真理般的事实，有敢于“接受”的智慧。这句诗我常引用，以说服那些因“不接受自己”而痛苦的朋友。每一个生命的生老病死中，何尝不包含一种历史的进程！

⑪“城市就这样兴建”，诗人的建造法是大刀阔斧，说成就成，但“一个圣洁的唇音”不可缺少！一说，不就发出唇音了。

⑫“昨天”是“大鸟”？还是“大鸟”是“昨天”？都可以。反正，它们已经“飞走”了。自信写去，不由人不信。这就是诗的说服力。

⑬ 我也不知道“这黄土地”是不是指中国。既然译成“黄土地”了，也就默示它是中国了，否则我不会这么选择词汇。选择，也即暗含判断。但究竟是不是？不必太当真。

⑭ 声音压低，反而听见？既是死者，还能去听？常识之见，不可用来解诗。诗不必解，因为只有心能解它，因为诗由心出，心能应它。对立之法，也是作诗之法。

⑮ 突兀吗？惊险吗？放心：大鸟在高处，离脸还挺远。但阴影……哦，诗的阴影！它是虚的，它是在的。

曼德尔施塔姆 [俄罗斯]

奥西普·曼德尔施塔姆（Osip Mandelstam），1891 年 1 月 3 日在波兰华沙出生，不久全家迁往彼得堡。德俄混合的家庭文化熏陶，良好的犹太童年教育，使他倾心于希腊文化和欧洲文化。他就读的捷尼舍夫学校，更是精英云集，同班同学中有日尔蒙斯基，未来的校友中则有纳博科夫。

年轻人没有不喜欢远行的。1907 年冬天，曼德尔施塔姆来到法国。他在给前辈诗人吉皮乌斯（Gipius）的信中说，他在巴黎的生活“颇为孤寂，几乎完全专注于诗歌和音乐”，而在给前辈诗人伊万诺夫（Ivanov）的信中，他谈到巴黎圣母院和天主教的联系，这在他后来的诗《巴黎圣母院》中有所体现。后来，他又去海德堡大学读哲学。他还到意大利、瑞士旅行过。

回国后，曼德尔施塔姆到彼得堡大学读希腊语，虽然没有获得学位，但他却结识了古米廖夫和阿赫玛托娃。1913年，他们成立了“阿克梅派”。“阿克梅”据说来自希腊文，顶峰的意思。他们的写作其实并不完全遵循自己的纲领，而是具有相当的灵活性。1937年，阿赫玛托娃说，曼德尔施塔姆的阿克梅主义其实就是“对世界文化的眷恋”。

战争与革命促使曼德尔施塔姆去克里米亚避难。这是他的首次克里米亚之行。这个时期他和茨维塔耶娃之间的交往，还为某些传记作者提供了津津乐道的材料。

1923年，曼德尔施塔姆和娜杰日塔·雅科夫列芙娜（Nadezhda）结婚。她不仅陪伴他度过未来的流放岁月，而且在极端的情况下保存了曼德尔施塔姆“犯禁”的诗稿。

两年前，古米廖夫死于斯大林之手。他的同伴的境地，几乎可以想象，不被信任是首当其冲的。如果没有布哈林的庇护，曼德尔施塔姆早步古米廖夫的后尘了。

1928 年，曼德尔施塔姆遭遇“抄袭事件”。这是一场阴险的毁誉运动。恶意的攻讦虽然因为布哈林的干预而终止，但是它的阴魂却已经出现在曼德尔施塔姆的日常生活之中。1930 年，布哈林让曼德尔施塔姆夫妇去亚美尼亚旅行八个月。可能是为了纪念这次避难，曼德尔施塔姆后来写了一组关于亚美尼亚的随笔，一组同名的诗篇。

1933 年春夏之交，曼德尔施塔姆再次去克里米亚度假，可能由此而想起了从前来到此间的情景，想起了古老的俄罗斯……在同年 10 月，他写出了改变一生命运的讽刺诗：“我们存在着，感觉不到我们下面的国度 / 十步之外我们的话语全部蒸发……”在这首诗里，他还说斯大林是“克里姆林宫的山民”，“肥胖的手指黏糊得仿佛虫子”。这还了得！因为苏联从来不缺乏所谓的“忠诚的小人”，所以就在类似人等的告发下，1934 年 5 月，曼德尔施塔姆被关进了监狱。而此时，他的庇护者布哈林渐渐自身难保。

牢房、流放，可能就是另外一种意义的旅行，正如生命之旅的比喻。虽然在公众视野中彻底消失了，但是曼德尔施塔姆在身心磨难之中，还是写出了三大册的《沃罗涅什笔记》，里面的诗篇字字可谓杜鹃啼血。

1937年5月，流放结束，曼德尔施塔姆夫妇重返莫斯科。就在他们绷得紧巴巴的神经还没有完全松开的时候，由于之前曼德尔施塔姆写的“斯大林颂”，善意地强调他与斯大林的平等关系，而再次激怒“钢铁”。1938年5月，曼德尔施塔姆再度被捕，被判处五年苦役。

1938年12月27日，在海参崴附近的二道河劳改营转运站，曼德尔施塔姆因为官方所谓的“心力衰竭”的原因而死亡，年仅四十七岁。他的诗和他的人，现在已经被全世界公认，是对抗暴政的见证。

（桑　克　注）

徒步旅人

——致米·列·洛辛斯基[①]

置身于神秘的高空，
我感到一种难以克服的惊悸。
我满足于做空中的燕子，
我也喜欢钟楼的升腾。

仿佛走在腐朽的木桥上，
跨越深渊，像远古的徒步旅人[②]；
我倾听雪球如何越滚越膨胀，
永恒不断叩击那一只石钟。

但愿如此！可我并非那旅人，
在枯枝败叶中时隐时现，[③]
我心中却有悲哀在真切地低吟。

顷刻，山峦里一场雪崩！
我整个灵魂——被钟声笼罩，

但音乐也不能将我拯救出深渊！④

（汪剑钊　译）

---

① 这首诗既是曼德尔施塔姆赠送给朋友洛辛斯基的一个礼物，同时也可能是他对自己年轻时代游历生活的一种升华式书写：旅行与人生相互指涉。

② 詹姆斯·格林在他的英译本注释中提到，罗恩·霍尔默向他建议，“远古的徒步旅人”可能是指普希金，但我觉得这可能只是他对个人晚年的想象。

③ 通过对晚景的否定，而回到现实之中。

④ 一般而言，年轻的艺术家往往相信艺术拯救人生的信条，但在这里，曼德尔施塔姆却看穿了艺术的局限性，从而对艺术（这里写的是音乐）有了更为真实的把握。这可能就是他未来勇气的认识来源之一。

巴黎圣母院[1]

在一个罗马人审判一个外国人的地方
矗立着一座大教堂，而最初的欢乐
仿佛曾经的亚当，一道与自己肋骨戏耍的拱门：[2]
交叉的穹棱，肌肉发达，从没有失去勇气。

骨头从外面泄露了计划：
拱扶垛在这里确保
沉重的质量不会压垮墙壁——
一个拱顶清晰如闲置的攻城槌。

强劲的迷宫，深邃的森林，
哥特人灵魂的理性深渊，
埃及人的力量和基督徒的羞怯，
与芦苇在一起的橡树——而垂直如同沙皇。[3]

但我研究得更加专心，
巴黎圣母院，你巨大的肋骨，你的堡垒，

我想了更多：有一天我也会从

残酷的重量之中创造美丽。④

（桑　克　译）

---

① 曼德尔施塔姆写这首诗的时候，距离巴黎之行已经3年。此时，他对欧洲文化的细节已经了然于心，选择这个时候书写是一种更为成熟的表现。

② 将建筑物本身与人类始祖互写，显示了曼德尔施塔姆卓越的写作才能。比如，肋骨是多重双关，既指夏娃，也指类似肋骨的建筑构件。

③ 在这一节中，多元文化的交织，和曼德尔施塔姆本人所倡导的世界文化紧密相连，从一个侧面反映出曼德尔施塔姆思维方式的构成。而“垂直如同沙皇”，是赋予建筑以人的属性。这种写法至今仍是一种极为重要的诗歌方式。

④ 最后两句既像预言，又像谶语。未来的曼德尔施塔姆正是从残酷的现实境遇中创造了美丽的诗。而这时的他，正在世界文化的熏陶中畅想未来。

温暖的夜晚

温暖的夜晚，莫斯科[①]
狂热的集会逐渐安静下来，
各大剧院宽阔的嘴巴
将人群送还到广场——

沿着华丽的街道，流淌着
夜晚葬仪复活的迹象：
从某个神性的内核
流出阴暗而快乐的人群。[②]

被游戏刺激起的贱民
埋葬了这个夜晚的太阳，
伴随着马蹄沉重的踢踏声，
从子夜的宴会上返回。[③]

仿佛耸立起新的赫库拉诺姆[④]，
闪烁的月光下，一座沉睡的城市：

简陋的集市上破旧的小屋。

粗大的陶立克柱式。⑤

（汪剑钊　译）

---

① 1918 年，曼德尔施塔姆追随新政权的人民教育委员部迁入新首都莫斯科。

② 集会人群与复活葬仪之间的联系，已经显示出曼德尔施塔姆的洞察力，所以才会有人群“阴暗而快乐”这样外表看起来矛盾而实际上具有内在和谐性的描述。

③ 这是进一步的强化。态度越来越鲜明，使它本来具有的晦涩特征被词语的色彩取缔。

④ 赫库拉诺姆，根据译者注释，这是一座意大利古城，公元 79 年毁于维苏威火山爆发。这里的意思是指莫斯科仿佛从废墟之中重新建立的新城。当然也有另外的意思，即重新耸立的新城将来可能还会变成废墟。

⑤ 陶立克柱式是一种古希腊柱式，没有柱础，直接安置在阶座上，由鼓形石料逐个垒起。

亚美尼亚之三[①]

唉，我什么都看不见，可怜的耳朵也已失聪，
各种色彩中只给我留下——铅红和喑哑的赭石。

可我不知怎么地开始梦见亚美尼亚的早晨，
我想——我要瞧瞧山雀怎样在埃利瓦尼[②]的画中生活，

跟面包玩捉迷藏游戏的面包师弯下身子，
从炉膛拽出扁形面包湿漉漉的外皮……

唉，埃利瓦尼，埃利瓦尼！或许是小鸟画了你，
或许是狮子走出彩笔盒，像孩子似的掰碎你？[③]

唉，埃利瓦尼，埃利瓦尼！不是城市——而是炒熟的
　核桃，
我爱你大嘴巴街道那些歪歪斜斜的线条。[④]

我弄脏混乱的生活，就像毛拉弄脏了《古兰经》，[⑤]

我冻结了自己的时间，让炽热的鲜血不再流淌。

唉，埃利瓦尼，埃利瓦尼，我什么都不再需要，
我根本不想要你那一颗冰冻的葡萄！

（汪剑钊　译）

---

①《亚美尼亚》组诗由 13 首诗组成，这里选译的是第 3 首。亚美尼亚位于欧亚交界处的外高加索南部，主要由山区组成，它 1922 年加入苏联，1991 年正式独立。

② 埃利瓦尼（1825—1875），据译者注释，他是阿塞拜疆架上绘画的奠基人，主要创作图案和肖像画。阿塞拜疆是亚美尼亚的东邻，也于 1922 年加入苏联，1991 年正式独立。

③ 狮子是指彩笔盒上的狮子图案，在该组诗的第 4 首中，曼德尔施塔姆又写到了这个。

④“大嘴巴”似乎别有意味。在曼德尔施塔姆同年所写的另外一首诗中，也有类似的句子：“我们和你在一起多么恐怖，／我的大嘴巴同志！”（汪剑钊译）

⑤“我”和生活，伊斯兰教神职人员毛拉和《古兰经》，这里比喻的指向，其实也意味着一种认识深度。它既与生活有关，也与宗教有关。

“古老的克里米亚”[①]

寒冷的春天。克里米亚正在挨饿和恐惧
与站在它一边的弗兰格尔[②]和白卫军一样内疚。
打着补丁的衣衫破破烂烂，牧羊犬待在院中，
而烟气依旧辛辣而刺鼻。

风景笼罩着薄雾，依旧那么美丽。
发芽的树木，微微地隆起，
而且是真正的局外人，而扁桃树，
带着昨日的愚蠢开花，唤醒怜悯。[③]

自然不能识别自己的面孔：
来自库班和乌克兰的难民则是噩梦的影子。
穿着毡制拖鞋的饥饿村民
守卫着仓库之门，却从来不碰锁头。[④]

（桑　克　译）

① 这首诗是 1933 年曼德尔施塔姆去克里米亚度假时写的，但是写的内容却是 1918 年到 1922 年之间的克里米亚之行。两个时期的旅行，两个时期的克里米亚，彼此之间肯定有关系，但是具体是什么关系，读者可以自行体会。

② 弗兰格尔（1878—1928）是当年著名的白军将领。曼德尔施塔姆当年在克里米亚旅行时，曾被他的士兵关进监狱。

③ 对于人类来说，风景从来都是永恒的“局外人”，你悲，你喜，与它都没有关系，所以克里米亚的春天未必就是人类的春天，可能只有它的“寒冷”才是与人类相通的东西。

④ 这句写得极其精彩。在饥饿中，村民们仍旧恪守职责。而在这种矛盾之中，更是显示出应有的道德或者愚蠢或者荒谬，从而间接地指出灾难并非村民造成，而是另有其人。

巴列霍［秘鲁］

塞萨尔·阿伯拉罕·巴列霍（César Vallejo），1892 年 3 月 16 日生于秘鲁北部小镇圣地亚哥·德·丘科，他是父母的第 11 个也是最小的孩子。二十岁之前两度入读大学，均因无力支付学费而辍学。

1913—1917 年间，巴列霍在特鲁希略的利伯塔德大学学习法律，并以教书为生，大量阅读外国文学和本国文学刊物并在当地报纸与杂志发表诗作。大学期间是巴列霍第一个写作爆发期，他总有一种文学花花公子的派头，身着漂亮的西服，戴手套，拿着纯银手杖。他的堂兄弟们在丘科的乡村碰到他，常见他躺在树下，边敲着自己的脑袋，边嘟哝着："我要写……我要写。"1917—1919年间，巴列霍遭遇生活打击，经历了母亲和朋友的病故，几度陷入失恋，并曾因失恋试图自杀，也曾因爱上有夫之妇而丢掉工作，贫困交加。这段时期的生活预示了他激烈的天性。1918年，巴列霍的第一本诗集《黑色骑手》出版。

1920年8月，回乡探亲的巴列霍卷入一桩刑事案件，被迫逃离故乡。在逃亡途中，诗人做了一个白日梦，梦见自己死在巴黎。年底，巴列霍被捕入狱，在狱中仍坚持写作。次年2月，巴列霍获得保释，3月，移居利马。

1922年10月，诗集《特里尔塞》出版。1923年3月，短篇小说集《刻度》出版。6月，离开秘鲁，赴巴黎。在巴黎的头三年，他受尽了贫穷的折磨，常常睡在公园长椅上，连买衣服的钱都没有。1924年在巴黎结识西班牙诗人胡安·拉利亚，并成为朋友。稍后，结识智利诗人巴勃罗·聂鲁达。1926年，结识法国女孩诺尔热特·德·菲利帕尔。1927—1929年，学习钻研马克思主义理论。1928年9月，秘鲁政府为巴列霍平反，并资助他归国。巴列霍接受了资助，但他用这笔钱周游欧洲，访问苏联。次年9月，第二次访苏，诺尔热特与其同往。在莫斯科，巴列霍结识马雅可夫斯基。1930年，偕诺尔热特访问西班牙。12月，因政治原因，被法国政府驱逐出境，移居马德里。在西班牙期间，继续写作诗歌、剧本和散文，写了两本有关苏联的书。1932年初，诺尔热特回巴黎，巴列霍在给她的信中表示对政治失去了兴趣。2月，穿越边境，非法进入法国境内，与诺尔热特团聚，他被告知只要他停止政治活动并每月向当地政府汇报，即可获准在法国居住。1934年10月11日，与诺尔热特在巴黎结婚。

1936年7月，西班牙内战爆发，重燃政治热情的巴列霍撰文支持共和政府。11月，赴巴塞罗那和马德里，并到前线访问，写作诗歌。1937年底，整理修订诗集《人类诗篇》和《西班牙，我喝不下这杯苦酒》。1938年3月13日，巴列霍病倒，4月15日逝世。

巴列霍三十一岁被迫离开祖国，在巴黎度过余生。他是典型的逃亡兼漫游者的代表，而他始终积极生活，参与政治活动，周游欧洲，在流亡中，不顾贫病交加，写作了大量的诗歌、小说、戏剧与随笔。

（周　瓒　译注）

遥远的脚步

父亲正在睡觉。他高贵的脸
表明一颗温柔的心；
现在他多么可爱……
如果他身上有什么痛苦，我肯定就是那痛苦。

走廊里尽是寂寞；他们在祈祷；
而今天没有孩子们的消息。①
父亲醒来，他倾听
体内那进入埃及的逃亡，②那包扎伤口的告别。
现在他是这么靠近；
如果他身上有什么遥远，我肯定就是那遥远。③

母亲从果园经过，
细微乏味的滋味。④
现在她是这么温柔，
这么多翅膀，这么多告别，这么多爱。

走廊里尽是寂寞，没有声响，
没有消息，没有绿意，没有童年。
而如果这个下午有什么打破了，
如果有什么衰弱或嘎吱作响，
那就是两条老路，蜿蜒而苍白，
我这颗心赤脚沿着它们走下去。

---

① 在诗人的想象中，孩子远离父母，他们互相牵挂、思念。

②“进入埃及的逃亡”，典出《圣经》，东方三博士得知人类未来的救世主耶稣诞生，即前往耶路撒冷朝拜，以色列希律王得知后甚为恐惧，立即下令将耶稣诞生地伯利恒地区的所有男婴全部杀死，借以灭掉耶稣根除后患。上帝托梦于耶稣义父约瑟，请其赶快将圣母玛利亚和刚出生的耶稣带往邻国埃及避难。

③ 既靠近又遥远的关系，是思念中的人最深刻、普遍的体验，正所谓“天涯若比邻”。

④“细微乏味的滋味”，这句诗既微妙又细腻，可以说是巴列霍意义上的“发现生命”的时刻。

黄昏是个厨娘

黄昏是个厨娘，在你
吃饭的桌前徘徊；[①]
你的回忆来了，甚至没呷一口
就饿死，真是悲哀。[②]

但是，一如往常，你的谦逊同意
接受最悲哀的善。
而你拒绝品尝，当你看到谁正
孝顺地走向你吃饭的桌子[③]。

黄昏是个厨娘，穿着围裙
哀求你，为你落泪；那围裙尽管破烂
但听我们说了这么多之后也开始爱上我们。

我也在努力；因为我们没有勇气
自便吃这些鸡鸭。
啊！我们又能自便些什么。[④]

①“黄昏”与“厨娘”令人联想到温馨、忙碌的家庭生活场景，对于生活在一个大家庭中的最小的孩子，其深刻性可以想象。

② 同时，离家在外闯荡的诗人更是体会过贫穷与饥饿。

③“孝顺地”，委婉地点出了孩子与父母的关系。

④“自便”意味着自主的、自由的生活，诗人意识到无论怎样努力，这“自便”的目的对他而言仍难达成。

受折磨的逃亡者

受折磨的逃亡者，从同一个
四角形的店铺进来，离开。
怀疑。摆动又摆动，
猛烈地。

有时候我陷入所有逆境，[1]
而在“和谐”的死亡故事里
有一刻我是最漆黑的顶峰。
接着我眼睛下的圆圈神圣地发痛，
我灵魂的锯齿山脊开始哭泣，
善意的氧气强行上路，
不燃烧的也燃烧，甚至
痛苦也使死者笑弯了腰。[2]

但有一天你将不能进来，
也不能离开，当我带着那撮尘土
跃入你的眼睛，逃亡者！

①“陷入所有逆境”是巴列霍对自己的性格与遭际的激烈体验，一个逃亡者饱受折磨，又竭力抗争的生命状态。

② 诗人用荒诞而真实的意象，为读者勾勒出一幅灵魂的风景。

他正在奔跑

他正在奔跑、行走、逃离
他的双脚……
他跟着他的云上的两片云走，
杜撰地坐着，他悲伤的为了，
他葬礼的因此，插在他手里。①

他逃出一切，行走
在无颜色的抗议之间；他往上
逃离，往下
逃离，以教士的步伐，
逃离，双臂升起罪恶
逃离，单独逃离，
直接奔向独自呜咽。②

无论他去哪里，
远离他粗糙、刻薄的脚跟，
远离空气，远离他的旅程，

为了逃出、逃出、逃出、逃出他的
双脚——一个男人用双脚
逃跑了那么多之后站着——无论去哪里
他都有一种奔跑的渴望。③

而既不是树，如果它以黄金赞同铁！
也不是铁，如果它覆盖树的枯叶！
什么也不，除了他的双脚，
什么也不，除了他短暂的寒战，
他的为了活着，他的因此活着……④

---

①“为了”（原因）和“因此”（结果）都是命定般的流亡者的命运写照。

② 巴列霍用词绝对，并常采取对立且孤立的姿态，描述他的抒情主体。

③“逃出”与“奔跑的渴望”，也是一种因果。

④“为了活着”与“因此活着”，强调了必然的、绝对的命运感。巴列霍确实是“要么激烈，要么什么都没有”。

我留在这里

我留在这里，温暖我浸溺其中的墨水，
倾听我的另一个洞穴，
有触角的夜晚，抽象的白天。

未知的事物在我的扁桃体里震颤，
而我每年一度的忧伤使我嘎吱作响，
阳光的夜晚，月色的白昼，巴黎的落日。①

　　然而，就在今天，在黄昏降临时，
我也仍在消化那最神圣的不确定，
母亲的夜晚，曾孙女的白昼，②
双色的，骄奢淫逸的，迫切的，迷人的。

　　而我
依然抵达，我乘坐一架两座飞机抵达我自己，③
在国内的早晨下，当浓雾
从瞬间里永恒地出现。

然而，
即使是现在，
在经历了我从中取得快乐的，有博士学位的
杆菌的
彗星之后，
事实是——温暖、倾听者、地球太阳和月亮
似的——
我没人认出地穿过墓园，
向左转，用一对
十一音节的诗行割草，
用坟中的岁月、无限的公升、
墨水、钢笔、砖和宽恕。④

---

① 通过矛盾修辞将现实变形，使具体和抽象结合，诗句内部因而产生强大的张力，想象的空间被撑开，扩大，呼应着心灵的开阔。

② 互文见义。

③“乘坐一架两座飞机”的主语和宾词都是“我”，巴列霍通过这一想象，表达了一种必然与偶然，一种对“我”的命运一再体认的急迫感。

④ 这首诗的最后几个并列的短语，曾被诗人反复修改，从现在的版本中的几个词语可以看出，这是诗人对写作、战斗与爱的个人命运的反复斟酌与确认。

波普拉夫斯基［俄罗斯］

鲍里斯·波普拉夫斯基（Boris Poplavsky），1903 年诞生于莫斯科一个音乐世家。父亲尤利安·伊格纳季耶夫，是柴可夫斯基最得意的学生之一，母亲也是一名小提琴手。前者原籍为波兰，后者则是波罗的海沿岸的旧贵族后裔。1921 年，波普拉夫斯基跟随父亲途经君士坦丁堡辗转来到了巴黎，成为第二代俄罗斯侨民。

在巴黎期间，他当过出租车司机，干过各种各样的体力活，有时甚至处在失业的状态中，靠救济金过活，偶或发表一点作品，多半也拿不到稿酬，诗人终身都没有摆脱贫穷的困境。1928 年，《自由俄罗斯》杂志发表了他的八首诗。当时，老一代的侨民作家把持着巴黎、柏林所有的俄语刊物，很少发表圈子以外作家的作品，也不太重视年轻人的创作。像波普拉夫斯基这样名不见经传的文学青年，能够发表诗歌已属不易。从那时开始，波普拉夫斯基作为诗歌新星进入了俄罗斯侨民文学的圈子。自 1929 年至 1935 年，《现代笔记》发表了他的十五首诗，其中以《黑色的圣母》一诗令趣味保守的读者刮目相看，为他赢得了最初的名声。

1931 年，波普拉夫斯基在蒙巴纳斯遇见了纳塔丽娅·斯托利雅罗娃。相识不久，纳塔丽娅便成了他的未婚妻。有关他们的恋情，波普拉夫斯基写下了一组出色的诗歌《在水的太阳音乐之上》。他们共同出入俄罗斯侨民组织的各种文学活动，一起到郊外踏青，到巴黎周边的小城镇旅行，站在海岸上远眺雾茫茫的海水和天空变幻莫测的云彩。1934 年 12 月，纳塔丽娅随父亲返回苏联。临行前，波普拉夫斯基与她约定，倘若一年以后，她本人不再回到巴黎，而他又能得到她一切平安的消息的话，他就回国去找她。结果是，她的父亲在回国后不久即被枪毙，而她本人也受到了监禁。情人的离去并且杳无音讯，让原本就在社会中四处碰壁的诗人更感到生活的残酷。1935 年 10 月 8 日晚上，波普拉夫斯基在一名吸毒者谢尔盖·亚尔科的唆使下，吸食了过量的海洛因，中毒而死。诗人的死讯震惊了整个俄国侨民界，巴黎各家报纸也纷纷刊发了消息。人们意识到，失去的是一个世界性的诗歌天才。

除公开发表的二十多首诗歌外，波普拉夫斯基生前只在 1931 年由于得到一位商人的遗孀的资助，出版过一部诗集《旗帜》。这部作品带有比较明显的未来主义色彩，歌颂城市的崛起，对机械文明进行诗意的渲染，对传统的和谐持激烈的否定态度，宣传自我中心和强力主义。波普拉夫斯基的其他几部诗集均由他的朋友整理，在 1936 年出版了《下雪时分》，1938 年出版了《在蜡制的花环中》，1965 年出版了《方向不明的飞艇》。1999 年，莫斯科的和睦出版社首次出版了由叶莲娜·梅涅加尔朵收集整理的《自动写作的诗歌》。这几部诗集比较明晰地展示了诗人由未来主义走向超现实主义的整个过程。如果说《下雪时分》还停留于世纪初“白银时代”的文化氛围里，带有对马雅可夫斯基式的未来主义的留恋，《在蜡制的花环中》已经流露出某种向新的写作风格过渡的痕迹，那么，在《方向不明的飞艇》和《自动写作的诗歌》这两部诗集中已显露了作者对超现实主义写作的自觉意识。

（汪剑钊　译注）

鹰 群

我记得帆船那上了漆的翅膀，
沉默和谎言。飞吧，夕阳，飞吧。
克里斯托夫·哥伦布就这样对船队
掩饰了整个航程的悲壮。①

舵手弓曲着的背脊
被橘黄的荣誉所笼罩。
白胡子蜷曲在坚硬的帽檐下，
而我们在后面，恰似一只双头鹰。

我在太阳光下眯缝起眼睛端详；
太阳在天空中越飞越高，
张大了雪白而冷漠的尖喙，
眨巴着眼睛，威胁来往的旅人。

你已经威胁了我十八天，
第十九天上，你变得柔弱而苍白。②

夕阳抛弃玩腻味了的窗玻璃，
窗玻璃顷刻间刺骨地冰凉。

秋雾在帆船的上空袅袅升起，
我们的幸福缓慢地降临在船舱，
可是，我们的船长却对船队
掩饰了整个航程的悲壮。[3]

① 哥伦布发现新大陆，就某种意义上说纯属意外，不过，他的航海壮举证明了地球是圆形的假说。

② 漂在海洋上，四顾周围，不能不生发生命的无力感。

③ 幸福是可能的，但颇具讽刺意味的是居然建筑在谎言之上。

地狱的风景①

——致格奥尔格·什托尔姆②

海水翻卷起漩涡，悄悄地叹息，
海水在我头顶的迷雾中飞翔，
灵魂在声响的边缘沉默着，③
仿佛作出决定的雪花飘向地面。

而在蓝色的海洋里，那鸟儿潜水的地方，
在那落水的我奋力泅渡的地方，
在城市花园的水藻中，
红脸膛的黄昏浸泡了好久好久。

贝形的屋顶四处漫溢，
火车像海底的蠕虫一般佝偻起身子。④
时而高，时而低，时而远，时而近，
怪人像鱼儿似的搜寻着飞艇。

水母云彩在天空闪闪烁烁，

仿佛有性急的死神在后面追赶，
我迈着水兵的步伐庄严地
走向大地上空的另一侧船舷。

而一切都在微小的深处，
那里光亮无法抵达。
很快我们将沉没，很快我们将站在海底。
铜制的留声机向我们歌唱着致意。

在飞翔着的大海深处，
落水者遇见自己的朋友。
霞光携带着新来的死者，
沿着起伏的高原慢慢地漂流。

海水悄悄地叹息，翻卷起漩涡，
仿佛生命，这个上帝的温柔的梦想。
风球灵巧地沿着大地奔跑，掉进球网，
仿佛信件扔进了邮局大楼。⑤

① 原文为法语：PAYSAGE　D'ENFER。

② 格奥尔格·什托尔姆（George Shitolm，1897—1978），诗人、散文家。波普拉夫斯基与他在 1920 年分别于顿河上的罗斯托夫。

③ 海洋因其浩瀚和深邃，常被视作地狱的场所。

④ 将火车比作蠕虫，新颖中透露了超常的想象力。

⑤ 风球掉进球网，如同信件扔进了邮局，生命的信息发出以后，便不再受发出者控制，漫游就此开始。

罗马的早晨[①]

春天在歌唱，山雀向群山飞去。
马儿在赛马场中奔跑。
罗马特种兵在城门口伤心不已。
爱比克泰德[②]在自己的角落里沉默。

在低矮的金合欢树荫下，
流水疾速地顺着下水道流淌，
而望一眼蓝天，那里星光闪烁，
精灵们正闲聊着自己的琐事。

沿着年代久远的灰白老路，
元老的小车滑动着。
丁香花开放，战船上的水手在呼喊。
基督乘着飞机飞向远方。[③]

黄昏时分，女神出现在塔楼上，
旗帜在巨大的塔楼上招展。

基督铺上一张昨天的报纸，
与毛茸茸的星星一起在空气中安睡。

而在大理石庙宇里，狗儿在吠叫，
塑像们在弹奏钢琴，
世纪并不希望走出澡堂，
月亮的纤手在被子上闪光。[4]

而爱比克泰德在歌唱，我的命运
擦拭着罗马，仿佛云彩擦拭着早晨。

---

① 罗马因其古老的历史和文化积淀，向来是旅游者仰慕的胜景。

② 爱比克泰德（Epictetus，约 50—约 140），古罗马斯多噶派哲学家。

③ 基督乘飞机与后文的铺报纸等行为，对《圣经》的传说进行了适度的解构。

④“月亮”与“纤手”的组合，把自动写作的特征发挥得淋漓尽致。

在森林中

玻璃球的滚动非常沉重，
生命在其中独自流逝。①
秋天灿烂的阳光把它照亮，
呈现一片空敞的金色。
草儿在燃烧，蛇儿在灌木丛中咽气，
蝴蝶在红色的石头上栖停，
火车飞驰，很快就是转弯的地方，
哦，不，不能在这里停下。
纯净的水滴流进岩穴。
喑哑的灵魂倾听着声音。②
而更高处是永远美丽的雪花。
你在等待什么？洗一洗病态的双手！
彼拉多③的星星亲吻他们。
森林像梦一样平静，像梦一样安息。

① 由玻璃球的滚动联想到生命的消逝。

② 纯净水流进岩穴，喑哑的灵魂倾听声音，这是意味深长的描述。

③ 彼拉多（Pilate，？—41年），古罗马帝国犹太行省的执政官。根据《圣经·新约》所述，彼拉多曾多次审问耶稣，原本不认为耶稣犯了什么罪，却在仇视耶稣的犹太宗教领袖的压力下，判处耶稣钉死在十字架上。

方向不明的旅行①

1

燕子在燃烧咖啡馆里报纸在喧闹
首脑们在云雾中走过
火柴熄灭夏天消逝
雨点再度在有花纹的布篷之上喧闹
我的城市。
灵魂在洞窟里忧伤了多少年
聆听着球体冲压的撞击声
来自其他世界的可怜的灵魂 ②
回家吧。
不我很羸弱
我在此很疲倦
我在此是奴隶
请你们说得更清楚更响些声音
我叙述自己的痛苦
我跌落在空洞的镜子的底层 ③

2

群山过早地仰望着明亮的星星
逐渐黯淡正作着离开的打算。
星星向肉体返回
蓝色的深渊缓缓敞开
那里只有泡沫在绽放。④

---

① 旅行的方向不明，与“漫游”合拍，也喻指生活没有目标。

② 俄罗斯哲学家别尔嘉耶夫将诗人的创作称之为“一颗牺牲和拯救的灵魂的呼声”。这里，“灵魂”无疑是关键词中的关键词。

③ 跌落在镜子的底层，用语突兀，更沉重的是镜子前的修饰语“空洞”。

④ 当星星向肉体回归时，敞开的是一个深渊，并且只有泡沫在绽放。

扎博洛茨基［俄罗斯］

尼古拉·扎博洛茨基（Nikolay Zabolotsky），1903 年 5 月 7 日出生于喀山附近一个名叫库克莫尔的小村庄。父亲是一名农艺师，笃信宗教，读过一些科普书籍，按诗人的说法，其立场“介于农民和知识分子”之间。母亲曾是一名乡村中学老师，后因失声而放弃了这一职业。七岁时，扎博洛茨基创作了第一首诗，似乎自此便立下献身于诗歌的志向。他曾考入莫斯科大学语文系，同时还修习医学，后转入彼得堡的赫尔岑师范学院语文系，1925 年在该校毕业，进入儿童文学杂志《刺猬》和《黄雀》做编辑。同年，他认识了先锋派诗人哈尔姆斯和维杰恩斯基，二人为他的诗才所折服，与他保持了坚固的友谊，同时向他介绍了一些先锋派的观念和创作精神。

早期创作阶段，扎博洛茨基学习和模仿象征主义和未来主义的创作风格，关注城市和小市民问题，深受勃洛克、别雷、马雅可夫斯基和帕斯捷尔纳克等的影响，有很强的形式主义特征，尤其对赫列勃尼科夫的立体未来主义浸淫甚深，创作了不少怪诞、夸张、古怪的形象。

1927 年，扎博洛茨基与哈尔姆斯、维杰恩斯基、弗拉基米洛夫、列文等人创建了名叫“奥拜利乌”的组织，它是“真实的艺术协会”的缩写。在实践中，奥拜利乌分子倡导以儿童的眼光来看待世界，以纯真的幼稚来克服成熟的世故，在一定程度上发展了未来主义玄妙诗歌的理念。他们刻意追求某种怪诞、大胆的风格，进行词与韵律的探索性实验，这在那个正由“艺术对话”逐渐演变成“政治独白”的时代颇为引人注目。

扎博洛茨基的处女作《专栏》出版于 1929 年，引起了很大反响，批评家给予了苛刻、严厉的批判，诗人们则给予高度的评价。它较多地体现了扎博洛茨基诗歌的一些艺术特征：反讽、怪诞、戏仿、奇特的隐喻。随后，扎博洛茨基创作了三部长诗《农业的庆典》、《疯狼》和《树》。《农业的庆典》于1933年在《星星》杂志上发表后，被指责对当时的集体农庄有诋毁倾向，导致了该期杂志停印，主编吉洪诺夫作检查。后两部作品在诗人生前未公开发表。《星星》、《文学批评家》、《真理报》等报刊发表了一系列文章，对扎博洛茨基掀起了新一轮“政治性”批判。诗人正准备付印的一本诗集也被迫撤下。

1937年，扎博洛茨基出版了新诗集《第二本书》。同时他开始了对史诗《伊戈尔远征记》的翻译和改写工作。后一项工作意外中断：1938年3月19日，扎博洛茨基突然被捕，被指控的罪名是从事“反苏维埃的宣传活动”。经过知识界人士的营救和申诉，最后未经公开审理便被判决五年监禁。直到1946年，在朋友们帮助下，他才获准从远东回到首都，在莫斯科郊外的别列捷尔金诺作家村，在作家伊利耶科夫的别墅里借住了两年。从集中营里回来后，扎博洛茨基把妻子小心保存的那些早期诗歌的手稿付诸一炬。因在原创性写作方面受挫，诗人主要从事少数民族诗歌与外国诗歌的翻译工作。此外，他对《伊戈尔远征记》的译写形成的现代俄语版本获得了专家与读者的一致好评，被誉为“诗的功勋”。

1957 年，因翻译格鲁吉亚诗歌获得“劳动红旗勋章”，这个勋章对改善他的处境有良好的作用。但以前的劳改营生活极大地损害了扎博洛茨基的健康，或许感觉到自己的生命已不长久，扎博洛茨基销毁了自己的许多戏谑性诗作和一些长诗片段。1958 年秋天，诗人因心肌梗塞离开了人世，被埋葬在新处女公墓。

（汪剑钊　译注）

散 步

动物没有名字。
谁吩咐给它们命名?
重量相同的痛苦——
是它们看不见的命运。[①]
公牛远远地走进草地,
去和大自然对话。
在一对美丽眼睛的上方,
白色的牛角在闪亮。
小溪像模样平常的女孩,
隐没在草丛中,
时而大笑,时而痛哭,
双脚被埋进了泥土。[②]
为什么哭泣?为什么忧伤?
她为什么如此痛苦?
整个自然露出了微笑,
就像一座高大的监狱。
每一枝小小的花朵

都被一只小手所拂动。
厚皮的公牛滴下灰白的
泪水，奄奄一息。
而在开阔的空中，
轻盈的小鸟在旋转；
为了一支古老的小曲，
温柔的喉咙在劳动。③
小溪在它面前闪着水光，
高高的树林在晃动，
整个大自然露出笑容，
每一刻都在缓缓死亡。④

---

① 痛苦拥有相同的重量，因此也拥有了共同的命运。

② 以女孩比喻小溪，把喜怒哀乐赋予了抒情的对象。

③ 小鸟的歌唱是本诗的亮色。

④ 死亡不可避免，整个大自然露出笑容凸显从容的底色。

森林湖

在森林的黑暗中，为梦笼罩，
一只水晶碗再度向我闪烁。①

透过树木的搏斗和狼的战争，
那里，昆虫在吮吸植物的汁液，
那里，树枝在暴动，花朵在呻吟，
贪婪的大自然统治芸芸众生，
我用双手拨开枯干的灌木丛，
艰难地挤到你跟前，在大门口死去。②

在睡莲的花冠中，在苔藓的衣裙中，
在枯干蘑菇缀成的项链中，
静躺一小块贞洁的湿地，
游鱼的避难所和鸭子的栖息地。
但奇怪的是，周围多么安静和肃穆！
这荒凉地方的壮丽来自何处？
为什么大群的鸟儿不再啁啾，

而是沉睡，陶醉于甜蜜的梦乡？
唯独一只鹬鸟不满于命运，
茫然地吹奏一支植物的长笛。[3]

在黄昏安谧的火焰中，湖
躺在密林深处，安静地闪烁，
松树像一根根蜡烛伫立高空，
到处合成一连串的圆圈。
透明湖水的无底大碗
闪闪发光，进行独立的思考。
伴随黄昏星的第一次闪现，
无限惆怅的病人的眼睛也如此，
不再感觉到生病的躯体，
闪耀，涌向夜晚的天空。
一群群动物和野兽
透过云杉，塞进有角的脸，
向真理之泉，向自己的圣水盘
弯下身去畅饮生命之水。[4]

① 水晶碗是森林里的湖泊之暗喻。

② 自然界有弱肉强食的残酷。

③ 本节描述的是大自然的另一面：美与安谧。

④ 森林湖是健康的，就像一只圣杯，盛着真理的生命之水。

在马加丹[1]附近田野的某处

在马加丹附近田野的某处，
在危险和灾难之中，
在冻雾的蒸汽中，
他们跟着无座雪橇行走。
这里唯有值班的民警
和城市的巡逻队员
才可以防范士兵镀锡的喉咙，
防范强盗的结伙抢劫。[2]
他们就这样穿着短大衣行走，
两个不幸的俄罗斯老人，
惦记着故乡的小屋，
在远方为它们感到痛苦。
他们整个灵魂在远方
为亲朋好友而燃成灰烬。
这个夜晚，让身体变得佝偻的
倦怠在煎熬他们的灵魂。
有着自然形象的生命

在他们头顶列队向前移动。
只是作为自由之象征的星星
也不再向下俯瞰人们。
宇宙奇妙的神秘剧
正在北方星辰的剧院上演，
而它明察秋毫的火焰
还不曾触及人们。
暴风雪在人们中间呼啸，
覆盖被冻结的大麻。
冻僵的老人坐了下来，
相互谁也不瞅谁一眼。③
马匹停步，工作结束，
死亡的事业已完成……
甜蜜的睡意拥抱他们，
在遥远他乡，痛哭着引导他们。
警备队不再追踪他们，
集中营的押送队也不再撵赶，
只有马加丹的群星
伫立在头顶，开始闪耀。④

① 马加丹（Magadan），俄罗斯远东一城市名。

② 这是一次特殊的漫游。流浪者的漫游是因为无家可归。

③ 被生活的悲剧压垮的人，对周遭的人和事已不再关心。

④ 不再有人关注他们，唯有星星一如往昔地在头顶照耀。

这发生在很久以前

这发生在很久以前。
一个因饥饿而消瘦的恶人，
他走出了墓门，
围着墓地在徘徊。
突然在新立的十字架下，
从低矮而潮湿的墓中，
某个隐身人，发现了他，
并且叫住了他。[①]

一个头发灰白的农妇，
扎着破旧的头巾，
从地底冒出来，
沉默，忧伤，驼背，
为亡魂作着祷告，
皱巴巴的黑手
划着十字，递给他
两个圆乎乎的鸡蛋。[②]

仿佛一个惊雷
击打他的灵魂，顷刻
上百支铜号奏响，
繁星从天空滚落。
他感到惊惶而可怜，
双眼闪现痛苦的光，
他接受了赠品，
吃掉祭奠的面包。

这发生在很久以前。
而今，他已是著名诗人，
尽管不为所有人热爱，
也不被所有人理解，——
在这首高尚、纯洁的诗中，
在忧郁的叙事诗中，
多么希望能再度
在过去岁月陶醉地生活。

一个头发灰白的农妇，

就像年迈、仁慈的母亲，

拥抱了他……

在书房，他扔下笔，

独自一人徘徊，

尝试用自己的心

去领会只有老人与孩子

才能领会的一切。③

---

① 新立的十字架暗示出对方正处在失去亲人的悲痛中。

② 自身处在痛苦中，农妇依然把自己的熟鸡蛋给了流浪者，高尚和纯洁的品格跃然纸上。

③ 老人与孩子才能领会的一切是世界的至善，这也从另一侧面暗示出现实中的善已是稀有的存在。

但丁墓畔[1]

佛罗伦萨[2]是我的继母，
我祈望安息在腊万纳[3]。
过路人，别谈论什么背叛，
任随死亡打上它的印记。

在我白色墓穴的上空，
鸽子这只甜鸟在咕咕叫，
但至今祖国仍在我的梦中，
至今我只忠诚于祖国。[4]

不再带着破碎的诗琴上路，
它已死在故乡的营垒。
我的悲伤，托斯卡纳，
为什么还要亲吻我孤儿的嘴？

而鸽子从屋顶俯冲而下，
仿佛在惧怕着什么人，

陌生飞机凶恶的影子
在城市上空划出一个个圆圈。

敲钟人，就这样撞击鸣钟吧！
不要忘记，血泊中的世界！
我祈望安息在腊万纳，
但腊万纳对此也爱莫能助。

---

① 但丁作为源头性诗人，他的坟墓也成了诗歌的一个象征。

② 佛罗伦萨（Florence）是意大利中部的一个城市，托斯卡纳区首府。它是一座具有悠久历史的文化名城，既是意大利文艺复兴运动的发源地，也是欧洲文化的发源地。

③ 腊万纳（Ravenna，又译作“拉文纳”），意大利北部城市。位于距亚得里亚海 10 公里的沿海平原上，博洛尼亚以东 111 公里处。

④ 借但丁之口，作者表达了对自己国家的情感。

多明［德国］

希尔德·多明（Hilde Domin），原名 Hildegard Löwenstein，简称 Hilde Löwenstein，1909 年出生于德国科隆，父亲是律师，她受的教育比同时代的女性高，读完大学和研究生院，1932 年与男友（未婚夫）流亡到意大利，在那里完成了关于文艺复兴的博士论文。1936 年结婚后随夫姓改名为 Hilde Palm，1939 年墨索里尼掌权后两人又逃到英国，在英国时又向美洲的许多国家申请避难，最后只有多米尼加共和国无条件地接受了他们俩。1940 年起他们在首都圣多明戈生活了十四年，二战结束后，1954 年才回到德国。流亡期间她以教德语为生，1951 年她母亲去世后她开始写诗，回到德国继续写作，1957 年出版第一本诗集，并为了感激收留过她的圣多明戈，而用希尔德·多明为笔名。

挑选“旅行之诗”，自然想到希尔德·多明，因为她以流亡之地“多明戈”命名自己，她的名字意味着旅行、流浪、流亡。但她虽然流亡了二十二年，却不是流亡诗人，流亡只是她的命运，她的创作不受命运限制，她歌颂生命，“树总是开花 / 甚至为了死刑”。

多明受过良好教育，而且教语言，但她的诗歌语言和意象都不复杂，甚至可以说极其简单，她善于用一个直接而贴切的意象，把你带入她的视觉中。在一部长纪录片里我看到她从一个年轻漂亮的新婚女子到一位孤老的遗孀，心有戚戚，但老太太很乐观，甚至有一种小女孩的天真。她回忆她的创作过程时说，灵感来了就写，用最直接的语言写。她的诗主要是抒情，叙述不多，沿承的是德国浪漫主义诗风。她最好的朋友是 1940 年流亡到瑞典的德国犹太女诗人奈莉·萨克丝（Nelly Sachs，1891—1970），此人流亡瑞典之后被新一代诗人如巴赫曼等挖掘出来，尊为诗歌前辈大师，1966年与以色列作家阿格农共同获得诺贝尔文学奖。早在她获得诺贝尔奖之前，她获得过德国以她名字命名的“奈莉·萨克丝”诗歌奖，而这里介绍的希尔德·多明，后来也得过这个奖，以及里尔克奖、荷尔德林奖等几乎所有德语诗歌的重要奖项。四十二岁才开始写诗，创作生涯五十多年，希尔德·多明被公认为是二战之后德国最杰出的女诗人之一。

当代德语诗歌中的阴郁气质很迷人，但多明的乐观和光明也有很大的艺术魅力。她的极简主义是她流亡期间教语言和翻译所积累的语言智慧，清晰，透明。她从早期的对抗到返回德国之后“接受”，她丈夫全家都被纳粹杀害，她母亲流亡英国时去世，但她不写仇恨，她说犹太不是民族也不是宗教，而是整个人类的命运。她很介入，对于文学，对于社会，她认为语言有一种承担的责任。她有勇气，也有耐心，她相信奇迹，并像等待灵感一样等待奇迹，“不要感到疲倦／伸出手／抓住奇迹／安静地，如同一只鸟”。当被问到是否相信上帝、相信命运时，她说她相信恩典，恩典是没有目的性的，如同天赋，诗歌是一种没有功利性的天赋。二十世纪西方文学女性要么是柔弱的奥菲利亚，要么是女权主义，希尔德·多明是一个罕见的异数。

（明　迪　译注）

路过风景

我们必须离开①
但也能像棵树
根植于土地②
坚定地站立，让风景走过。
我们必须屏住呼吸
直到风平息③
另一种空气开始包围我们
直到绿色和蓝色
的光影
呈现出旧格局
我们到家了——
不管在哪里
我们坐下来，靠着它
仿佛那是母亲
的墓碑。

① 作为犹太人，作者与她丈夫必须离开德国，但她没有抱怨命运的不公。

② 流亡浮萍，却在圣多明戈扎根了 14 年。

③ 安静地生活，教书，“直到风平息”，直到二战结束。

从这里突围

——给不想活下去的保罗·策兰、彼得·斯丛狄、让·埃默里①

绳子
从床单结成牢狱的风格
我在床单上哭过
我将它绕自己一圈
潜水员的绳子
缠住我身体
跳下去
潜水
穿越
离开这一天
我从地球的另一端
浮出。②

在那里我想
更自由地呼吸

在那里我想发明一套
更勤奋的字母。③

① 保罗·策兰（1920—1970），出生于罗马尼亚某地（今属乌克兰）的犹太裔，20世纪最重要的德语诗人之一。彼得·斯丛狄（1929—1971），出生于匈牙利的犹太裔，后在柏林教书，德国著名的文学理论家。让·埃默里（1912—1978），出生于奥地利的德语哲学家，奥斯维辛的幸存者。这三人最后都走上自杀之路。

② 多明逃离德国之后，从"地球的另一端／浮出"。

③ 多明是乐观派，她抱有重建德语语言的信心：在纳粹的废墟上建立希望，创造简明清晰的德语。正是这种对语言的信心，才使她对生活和生命抱有信心，"从这里突围"，从语言突围。

离开西班牙[①]

我爱这贫瘠的土地
但我什么也不想带走

只有时间。
单独
与时间相处。

然后看云
看漂白[②]
看傍晚。

带着对永久的向往
和对今天的
恐惧。[③]

① 多明曾在西班牙居住过4年。

②“漂白”让我想到德里克·沃尔科特的西班牙组诗，上有白云，下有漂白的石头。但也正是这里让我看到差距，沃尔科特有更多观察到的细节，以及对伤感滥情的拒绝。

③ 对离别的恐惧。最后一节，作者陷入对语言音节的直接爱恋而忘记使用修辞手段。

云为我担保[1]

我想念一片
我不曾去过
也永远不会去的土地
那里所有的树木和花草
都认识我
云
准确地
记得我
一个异乡人
没有一个
可以待在里面
把心哭出来的家。[2]

我启航了
去一个没有港口的岛屿。
一离开
我就把钥匙扔进海里。

我不抵达任何地方。
我的船帆像一张蜘蛛网在风中
不会撕裂。
地平线之外
躺着一片陆地
在那里，大鸟
飞行结束后
在阳光下晒干翅膀
那里，不得不接纳我
没有护照
只有云为我担保。③

---

① 这首诗不代表多明最好的诗，译者仅仅为了扣住“旅行”这个主题而挑选了这一首（以及上一首）。

② 多明曾在一个访谈里说，流亡是一种生存方式，她不属于任何地方，而是永远在别处。

③ 旅行中，飞行于高处，同云近距离接触，达到一种互相信任，从而有了云的“担保”。

秋天的眼睛[1]

紧贴着
地面。[2]

泥土
闻起来还像夏天
你的身体
仍然有爱的气味。

但草丛
已在你身上发黄。
冷风中
到处都是蓟草绒。

那突然袭击你的梦[3]
走在阴影里
而你的梦
有秋天的眼睛。

---

① 这首诗 2009 年翻译，我还清楚地记得当时的激动，可以说这首诗对我个人写作影响很大，《秋天的眼睛》突然打开了我的视野。

② 简短几个字，就营造出一种动感，一只流浪了 22 年而飞回来的鸟，贴近地面，可以闻到德意志泥土的气味，久违的气味中仍然有爱。

③ 纳粹对犹太人的大屠杀如同一场噩梦。但噩梦只留在阴影里。作者对出生地德国及德语的爱，使她超越了犹太背景，超越了犹太人的痛苦经历，而构想一幅秋天的画面。

毕肖普［美国］

伊丽莎白·毕肖普（Elizabeth Bishop），1911年2月11日紧随着新英格兰一场罕见的暴风雪降生在马萨诸塞州的第二大城市伍斯特。当年10月，身患阵发抑郁症的父亲病故，而在毕肖普三岁时，母亲即因精神失常住院。稍后，随母亲移居加拿大新斯科舍省格瑞特村镇，由外祖父母抚养。四岁那年冬天，毕肖普患哮喘病。1916年6月，母亲的精神病再次发作，被送往新斯科舍达特茅斯市省立精神病院，直至1934年病故，毕肖普再也没有见过她。1917—1930年间，接受基础教育的毕肖普初露写作天分。十九岁时入读纽约州波基普西市瓦萨女子学院，其间，编辑和创办文学刊物，写作、结交文学同道、恋爱、旅行，年轻的毕肖普适应了迁移的生活，也形成了她的诗歌写作面貌。

在瓦萨学院学习期间，结识了诗人玛丽安·穆尔，并成为终身好友。后在穆尔的推荐下，毕肖普频频发表诗作。1935—1945 年间，毕肖普与同性伴侣两度赴欧洲旅行，一度赴南美旅行，其他时间，在纽约与基韦斯特两地居住、生活和写作。1946 年，第一本诗集《北方和南方》出版，受到诗界好评。同年，《纽约客》与毕肖普签约，毕肖普应约写作游记等。1949 年 9 月，出任为期一年的华盛顿国会图书馆诗歌顾问。1951 年底，赴南美旅行，结识巴西女子洛卡，第二年 6 月，移居巴西，洛卡成为毕肖普与之生活长达 16 年的伴侣。在巴西期间，翻译《海伦娜·莫莱日记》，1957 年在美国出版并不断重印。1955 年，诗集《一个寒冷的春天》出版，次年，这本诗集获得普利策诗歌奖。1965 年，诗集《旅行问题》出版。1967 年 9 月，洛卡自杀身亡，同年底，毕肖普返回美国定居。1969 年，诗集《诗合集》

出版，1970年，《诗合集》获全国图书奖，同年，开始在哈佛大学讲授诗歌。1976年，诗集《地理之三》出版，1977年初，《地理之三》获全国图书批评家奖，同年7月，从哈佛大学退休。1979年10月6日，因脑动脉瘤破裂辞世。

自幼失去双亲，童年受哮喘病困扰，一定程度上影响了毕肖普的成长，毕肖普是双性恋，更偏向于同性恋，生性害羞的她也受困于同性恋情的不稳定与多变。毕肖普的一生基本是在漫游中度过，除了短暂的学院工作之外，毕肖普以写作为生，虽然她的诗歌作品总数并不多，但几乎每一部诗集都获过奖，并多次获得艺术创作基金和文学奖。毕肖普在《地图》一诗中有这样两行："地理学并无任何偏爱，/北方和南方离得一样近。"这首诗被置于毕肖普多种诗集的开头。诗人蔡天新在他有关毕肖普的随笔著作《北方和南方》中写道："令诗人终生着迷的是地理和旅行，而不是历史，她曾数十次在加拿大、美国和拉丁美洲之间南来北往，或者横渡大西洋去欧洲。""毕肖普的一生，由于疾病、酗酒和情场失意等原因造成了写作的迟缓，旅行越来越成为她的一种需要，她生命的一部分"。

（周　瓒　注）

卡萨比安卡[①]

爱是男孩站在燃烧的甲板上
竭力背诵着“男孩站在
燃烧的甲板上”。[②] 爱是这个
　　站着结结巴巴地朗诵的儿子
　　当可怜的船在燃烧中下沉。

爱是这倔强的男孩，这条船，
甚至是那些游泳的水手们，他们
　　也想要一个教室的讲台，
　　或一个待在甲板上的
　　借口。[③] 而爱是这燃烧着的男孩。[④]

（周　瓒　译）

---

① 卡萨比安卡（Casabianca）指的是男孩 Giacanto Casabianca，1798 年，在尼罗河河口海战中，法国海军军官 Louis de Casabianca

不愿弃船逃生，和他的儿子卡萨比安卡一起随船爆炸身亡。英国女作家费利西娅（1793—1835）于1826年发表诗作《卡萨比安卡》，赞扬年仅10岁的男孩在大部分船员逃生的情形下坚持追随父亲，最终与父亲一起遇难。这首诗的头一句“男孩站在燃烧的甲板上”经常被后来的诗人、作家引用，甚至被恶搞续写。毕肖普这首诗是对费利西娅原诗的援引和严肃的重写，是一则爱的寓言。

② 诗人构想站在燃烧的甲板上的男孩正在朗诵费利西娅的《卡萨比安卡》的情景，这诙谐的构想与原悲剧性的故事产生一种张力。

③ 逃生的水手们也“想要”成为“爱”的“朗诵”者，但他们没有资格。

④ 只有以生命的代价践行着“爱”的男孩，才能代表“爱”本身。

不信仰者[①]

他睡在桅杆顶端。[②]

——班扬

他睡在桅杆顶端
双眼闭紧。
船帆在他身下
就像他的床单，
在夜空中露出睡眠者的脑袋。

他死气沉沉地被送到这儿，
麻木地蜷缩在
桅杆顶上的一个镀金球里，
要么像一只金鸟爬进去，
要么盲目地[③]让自己骑坐着。

“我被建造在大理石的柱子上，”
一朵云说，“我从来不动。

看见这海中的柱子了吗?”
他无忧无虑地反省
凝视着水中的柱子的倒影。④

一只海鸥在他下面飞过
评论那空气,
“像大理石。”他说,“我
从这儿的塔顶起飞,
大理石的翅膀耸入天空。”⑤

但他睡在他的桅杆顶端
双眼闭紧。
海鸥追询到他的梦中,
那就是,“我不能倒。
底下那亮晶晶的大海要我摔倒。
它硬得像钻石;它想毁了我们大伙。”⑥

(丁丽英　译)

① 毕肖普诗题为 The Unbeliever，丁丽英译作“异教徒”，考虑到诗的涵义，改译为“不信仰者”。

② 题记引文出自英国作家约翰·班扬的《天路历程》，班扬所述“他睡在桅杆顶端”的典故出自《圣经·旧约·箴言》第 23 章第 34 节：“你必像躺在海中，或像卧在桅杆上。”在《圣经》的“箴言”部分，用“卧在桅杆上”的人比喻不信仰者借酒浇愁酒醉后的状态。而班扬在《天路历程》中描述基督徒看见三个拷着脚镣的人睡着，他们分别叫做“天真”、“懒惰”和“自信”。基督徒走过去，试图叫醒他们，他喊着：“你们如同那些睡在桅杆顶上的人，死海就在你们下面——那是一个无底深渊。醒来吧，赶紧离开；我愿意帮助你们打碎你们的脚镣。”被唤醒的三人并没有听从基督徒的劝诫，基督徒只好离开。班扬认为，如果上帝不让他们睁开眼睛，你就没法说服他们。从这个意义上讲，三人都是不信仰者。

③“盲目地”与前面的“双眼闭紧”照应，点出了“不信仰者”尴尬危险的处境。

④ 被建造在大理石柱子上从不移动的一朵云安全地反省，凝视倒影中的“水柱子”(watery pillars)，即他自己的主体。

⑤ 海鸥认为空气像大理石，它就飞翔在这坚固的稳定性之中。

⑥ 然而，对于不信仰者而言，他的梦透露出坚强的意志，他双眼闭紧，却在梦中观察着大海，并坚定着不掉进大海的意念。在毕肖普看来，不信仰者似也是一种信仰者。在班扬的书中，朝圣者没有能够说服沉睡的三人，只好继续他的旅程，而毕肖普也回到她的追问与旅行中。

一个夏天的梦

松弛的码头
很少有船只会来。
从人群中数出
两个巨人，一个傻瓜，一个侏儒。

一个温和的店主
在他柜台后打瞌睡，
而我们的女房东——
那侏儒是她的裁缝。

傻瓜会被骗去
挑黑莓，
可接着他就把它们扔开。
那干缩的女裁缝笑起来。①

海边，呈蓝色，
好像一条鲭鱼，

我们的木房子被画上了条纹
好像它一直在哭喊。

非凡的天竺葵
簇拥在窗前，
那地板对着
相称的地毡闪亮。[2]

每夜我们都倾听
一只有角的猫头鹰。[3]
那墙纸闪烁在
角灯的火焰里。

口吃的巨人
是女房东的儿子。
越过一种古老的语法
在楼梯上喋喋不休。

他郁闷。
而她兴高采烈。

卧室很冷，
那鸭绒被缩紧着。

我们在黑暗中
被梦游到海边的
小溪吵醒，
仍然听着，做着梦。④

（丁丽英　译）

---

① 这首写梦的诗一开始就有一种童话色彩。梦中的形象滑稽又严肃，充满喜感。比如挑草莓的傻瓜，他不吃草莓，反而把它们扔掉，惹人发笑。

② 梦中的静态风景夸张而富于生机，仿佛活着。

③ “有角的猫头鹰”使梦的童话越发离奇，而且，仿佛也使我们置身于梦境中，乍梦乍醒，分不清是梦还是醒了。

④ 在黑暗中，醒着但仍做着梦的状态。

旅行的问题

这儿[①]瀑布太多；那拥挤的溪流
急着赶赴大海，
而山头那么多云造成的压力
使它们以慢动作向两边溢出，
转变成瀑布倾泻在我们每一只眼睛下面。
——如果那些溪流，那些一英里长、闪亮的泪痕，
还不是瀑布的话，
不久以后，随着岁月的来临
可能就会形成。
但如果溪流和云朵继续旅行，旅行，
那山脉看上去就像是倾覆之船的外壳，[②]
挂着黏液，让人难以摆脱。

想想遥远的回家的路。
我们是否应该待在家里而想到此地？[③]
我们今天应该在哪里？
是否在这座最奇怪的剧院里

看一出戏里的陌生人才对？
童年是否就是在我们体内有过的
短暂的生命，我们决心跑着去看
附近另一条路上的太阳？
那世界上最小的绿色的蜂雀？
去凝神一些无法说明的老石雕，
无法说明并且无法穿透，
从任何角度，
总是立刻让人留意而且永远、永远让人高兴？
哦，我们是否必须梦到我们的梦
也拥有它们？
我们是否又要留一点空间给
一个层层叠叠、还相当温暖的落日？

但是，还没有见到路旁的树木，
还没有看见它们像高贵的喜剧演员，
穿着粉红袍子，做着手势，
就真的在夸大它们的美丽，
肯定会有些可惜。
——还没有停下加油就听见

那不般配的木鞋底发出的
沮丧的、两种调子的木制声音
在油腻腻的加油站地板上
肆无忌惮地噼啪而过，真的很可惜。
（在其他国家那木鞋底都会被检验过。
那里每一双都被定了同一种调子。）
——还未听到一只棕色的肥鸟
演唱另一首不再原始的曲子，
是一件憾事，它正站在基督会的竹教堂
那破败的汽油泵上唱歌，教堂是巴洛克式的：
有三座塔楼，五个银十字架。
——是的，还未思考过是件憾事，
模模糊糊，久久不能决定，
怎样去连接存在了几世纪的
最粗鲁的木鞋子
和削切得极其精致讲究的
木笼子的白日梦。
从来不在歌雀笼般疲软的书法中
研究过历史——是一件憾事，
从来不倾听这么大的雨声

——也是一件憾事，它就像政客的演讲：
两小时不屈不挠的演讲术
然后是一个突然而至的珍贵沉默④
旅行者在这个空当马上拿出笔记本，写下：

“是否缺乏想象力使我们来到
想象的地方，而不是待在家里？
或者帕斯卡关于平静地坐在
某人房间里的话也不完全正确？

大陆，城市，乡村，社区：
选择范围永远不宽也不自由。
这儿，或那儿……不，我们是否应该待在家里，
不管它在什么地方？”⑤

（丁丽英　译）

---

① 这首诗写于毕肖普寓居巴西期间，起句的“这儿”应指巴西。
② 溪流与云朵总在旅行中，而山脉如倾覆之船的外壳，也暗示着

旅行，这是保持始终在路上的人的心理呈现。

③“想想遥远的回家的路”或“待在家里而想到此地”，是写已离家旅居在外的人想象一种不确定和确定都可能的生活，而接下来的一系列疑问，都是对经历过的旅行和经验了的生活所进行的假设。

④ 第3节列数不旅行之遗憾，各种细节展现出诗人经验到的特殊时刻及因此获得的丰富感受，这些细腻的感受中透着诗人的幽默、风趣。

⑤ 引文部分诗人继续思考人之所以喜爱旅行的原因，涉及生活的限制、不确定性、想象力缺乏等等，但是，果真如此吗？旅行的诗人通过写作，又使我们超越了生活的限制、不确定，并拓展了我们的想象空间。

一种艺术

失去的艺术并不难掌握；[①]
这么多的事物似乎都充满着丢失的
意图，它们的失去也就不是什么灾祸。[②]

每天都丢东西。领受失落门钥匙
的慌乱，白白花费了整小时。
失去这门艺术并不难掌握。

接着练习丢失得更远，更快：
地点，名字，以及你原本打算旅行的
地方。这之中没有一件会招灾致祸。[③]

我丢了我母亲的表。瞧！我最后的，或
三所我热爱的房子中，仅次于最后的也没了。
失去这门艺术并不难掌握。

我丢了两座城，可亲的城。进而，是更辽阔的，我所拥有的王国，两条河，一片大陆。
我思念它们，但那也并非一场灾祸。[4]

——甚至失去你（开玩笑的声音，我喜爱的
姿势）我也不用扯谎。[5] 很明显
失去这门艺术并不是太难掌握的
尽管它看上去可能（把它写下！）就像灾难。[6]

（周　瓒　译）

---

① 起句就用了一个否定，奠定了全诗克制的语调。“失去”可以是一门艺术，这是把“失去”作为感受、观察和思考的对象，而不仅仅把它理解为一种人生缺憾。

② 原来事物本身就有丢失的意图，因此，并非人为的疏忽使事物丢失，失去因此也就不算什么灾祸了。

③ 可以练习“丢失”这门艺术，就像我们练习写作，掌握写作这门艺术一样。从名字到实物，都可以失去，或快或慢地。

④ 诗人不断迁徙的生活中也包括了丢失，比如房子、城市、河流和国家，那些本来与自己紧密联系着的事物，那些只在思念中尚存的事物，都失去了或正在失去。但是，诗人并不觉得那是灾祸，

因为在思念中，写作中，存在过并存在着。

⑤“失去你”是指爱的丧失，同样如此，不用虚伪地掩饰。

⑥ 在写作中，被写到的失去就像是灾难，然而，写下也即失去，也就算不上灾难，只是貌似灾难而已。诗人通过写作获得了一种精神的节制与解放。

米沃什［波兰］

切斯瓦夫·米沃什（Czeslaw Milosz），1911年6月30日出生于立陶宛维尔诺附近的谢泰伊涅，当时隶属波兰（1940年归属于苏联）。该地语言混杂，但米沃什的家庭从十六世纪起就讲波兰语，尽管此后一生漂泊不定，并精通好几种语言，米沃什仍然把波兰视为他的祖国，把波兰语当作自己的母语，并坚持用波兰语写作（“我是一个波兰诗人，不是立陶宛诗人”）。父亲是土木工程师，由于工作的关系，他带领全家走过俄国的许多地方。在一篇洋溢着诗意的散文(《西伯利亚大铁路》)中，米沃什追忆了他的父亲并重新体验了他幼时旅行的经验(“亚历山大·米沃什，一位年轻的土木工程师，里加工学院的毕业生，在萨彦岭的泰加森林里打猎”)。中学时代米沃什在首都维尔诺度过，他翻译过维吉尔、奥维德和贺拉斯的诗，这可能是他最早接触到的古典主义诗歌。后来米沃什进维尔诺大学攻读法律，并取得硕士学位。

当时在欧洲盛行的现代主义文学运动，不可避免地对年轻的米沃什产生影响。1933 年，米沃什出版了第一本诗集《冰封的日子》，可以看到象征主义和超现实主义的某些影响。但他并没有像许多现代派诗人一样，沉溺于自我，而是保持着对现实的关注，并对未来充满忧虑。在谈到所受影响时，米沃什曾经提到了奥斯卡·米沃什，他是一位诗人，天主教徒，也是神秘主义的倡导者。当米沃什在巴黎见到他时，他已经不再写诗，而是致力于《圣经》的注释。他对米沃什的影响并不限于诗歌，“奥斯卡按照衰落与惩罚(用以结束一个轮回的惩罚)的范畴来理解人类的历史”，并把神秘主义思想灌输给米沃什，这使米沃什的思想改变了方向。

四十多年后，在接受诺贝尔文学奖的演说中，米沃什列举了两个对他思想产生过重要影响的人，一个是西蒙娜·韦伊，一位热爱上帝但拒绝进入教会的思想者，另一个就是奥斯卡·米沃什，“一位巴黎的隐士和幻想家”。布莱克是更加广为人知的先知式的诗人，他同样对米沃什产生过影响。在二战期间，米沃什自学了英语，读到了布莱克的几首诗，他感到，是布莱克“恢复了我早年的狂喜，也许恢复了我真正的禀性，情人的禀性”。

第二次世界大战爆发时，米沃什留在了华沙并参加抵抗运动。在这段日子，他秘密出版了一些作品，还编辑出版了一本反法西斯诗集《无敌之歌》。战后米沃什被新成立的波兰人民共和国任命为外交官，先后在华盛顿和巴黎的大使馆工作。1951年，他申请政治避难并留在了法国。由于不能适应在巴黎的波兰民族主义流亡者圈子，他在1960年去了美国，并在加州大学伯克利分校的斯拉夫语言文学系任教。他终于安定下来，度过了一生中最为平静的日子。1980年，由于“以毫不妥协的敏锐洞察力描述了人类在剧烈冲突世界中的赤裸状态”，他获得了诺贝尔文学奖。在离开故国三十年后，米沃什于 1981 年回到波兰，受到了隆重的礼遇。

2004 年，米沃什逝世于克拉科夫。波兰总理贝尔卡称："米沃什是一个伟大的波兰人……米沃什用他的心和笔为我们指明了道路，展现了残酷的现实，刺痛了我们却引导着我们从善。"米沃什一生中去过很多地方，并把他的观感写进诗中。这些诗不同于一般意义上的旅行诗，仍然保持着他的一贯特点，对历史和现实进行深刻的思考。

（张曙光　译注）

在米兰[1]

那些年代很久远了，我的和不属于我的，
当有人在意大利写了首诗，
讲着锡耶纳[2]田野的夜晚
或在西西里岛废墟上的蝉。

夜里我们久久漫步在教堂广场。
他：我过于政治化了。
而我多少做出了下面的回答：

要是有根钉子在你鞋里，会是怎样？
你喜欢那根钉子吗？和我一样。
我喜欢葡萄园里的月亮，
当时你看着阿尔卑斯山高处的雪。
我喜欢黎明的柏树
和山谷里淡蓝色的空气。
我会当即写一首歌
有关桃子的味道，在欧洲的九月。

没有人指责我的生存没有欢乐
或不留意身边经过的女孩。
我不否认我吞下了
所有现有的花，吃掉所有的颜色。
我徒劳地毁坏着这个世界
四十年了，一千年也不够。
是啊，我愿做一个五种感官[3]的诗人。
这就是为什么我不想自己适于一种。
是啊，思想比柠檬这个词分量要轻
这就是为什么在我的词语中我不碰水果。[4]

---

① 米兰（Milan），意大利西北部重要城市。在诗中作者回忆起早年在米兰的一次谈话。这次谈话印象深刻，以至于很多年后仍然记起。诗人没有把这首诗写成简单的记游诗，而是借题发挥，通过回答朋友的诘难阐明了自己的诗歌观。

② 锡耶纳（Siena），意大利城市，位于南托斯卡纳地区。

③ 5种感官为：视觉、听觉、触觉、味觉和嗅觉。这里的意思是全方位地感知外部世界。

④ 这两行诗出自密茨凯维奇（Adam Mickiewicz）书中人物的一段话："谁不接触尘世，就不会进入天堂。"米沃什改写了这段话，可能是说，他尽管形象大于思想，但他仍然要在诗中体现思想。

在中午[1]

在一家山间旅店，高过栗子树的绿荫，
我们三个挨着一家意大利人
坐在水平排列的松林中。
附近一个小女孩在井中汲水。
天空中响着燕子的叫声。
喔——，我听到内心的歌声[2]，喔——，
多好的中午，它不会重现，
此刻，我坐在她和她的身旁
以往生命的各个阶段
和摆在方格桌布上的葡萄酒一同到来。[3]
岛上的花岗石被大海洗刷。
我们三人是一个自我喜悦的思想
科西嘉夏天树脂的清香伴着我们。

---

① 在诗中米沃什记叙了在科西嘉旅行中的一次经历。事情很平常，但普通人宁静的生活却触发了他的联想。写实，但有寓意。

② 燕子的叫声引起了诗人内心的响应，所以称之为“内心的歌声”。

③ 诗人联想到自己的一生经历。

万圣节[1]的夜晚

在我喜爱月份的巨大寂静中，
十月（枫树的红色，橡树的青铜色，
杨树上零零落落的明澈的黄色），
我赞美着时间的停顿。

死亡广袤的国土始于每个地方：
在树木成行的小巷的拐角，公园草坪的对面。
但我没有进去，我还没被召唤。[2]

汽艇在河岸上，小径在松针里。
天很早就黑了，别处没有光。

我要去参加鬼魂和女巫的舞会。[3]
一个戴着面具和假发的代表团将出现在那里，
跳舞，无法辨认，加入到生者的合唱中。

---

① 万圣节（All hallows），西方传统节日，在每年的 10 月 31 日，也称“鬼节”。这首诗写于南哈德利（South Hadley），米沃什在那里度过了万圣节，并由此联想到时间和死亡。

② 没有进去，指的是死亡的国土。

③ 指万圣节的化妆舞会，也暗喻死者与生者狂欢（共舞）。在这里生与死的界限被模糊了。

维尔基[1]

一支英国管，一面鼓，一把中提琴，奏着曲子
在秋天山上一所林间的房子里。
开阔的风景来自那条河流转弯处。

我仍然想要纠正这个世界，
可我更多想到他们，他们都死了。
还有他们不为人知的村庄。
它的地势，斯韦登伯格说，无法体现在地图。
因为人们到了那里，就会这样看。
甚至有可能出现错误；例如，漫步时
没有意识到你已到了另一边。

至于我，只是梦想那些锈金色的森林，
我年轻时游过的闪光的河流，
来自我诗中有着葡萄酒一样天空的十月。

牧师向我们讲授着拯救和毁灭。

现在我对这些事情没有丝毫的概念。

我感觉到了肩上我向导的手，

但他没有提到惩罚，也没有许诺报偿。②

---

① 维尔基（Werki）位于维尔纽斯附近。诗人因一首曲子和当地的景色追忆起年轻时的理想（“纠正这个世界”），并想到了世界和死者。

② 宗教宣扬的拯救并不能引起诗人的兴趣。在他看来，这很虚幻，但向导的手（现实）则是他切实感觉到的，尽管没有做出任何许诺。

德克萨斯[①]

我从德克萨斯回来。
我在那里读了我的诗。
在美国它比别的地方读诗付费更高。
在签名后我写下了 2000 的日期。

老年粘住我的双脚像浓稠的沥青。[②]
心在抵抗，表明着清醒。
对此我能做些什么，向谁透露？
最好的策略是什么也不说。

我体验到幻觉的羞耻
关于爱，恨，抱负和奋斗。
现在我几乎不能相信
我设法度过了我的一生。[③]

① 德克萨斯（Texas），美国南部的一个州。诗人在那里读了自己的诗。这首诗略带自嘲地谈到了这次行程。

② 指年老行动不便。叶芝有诗云："老年像拴在狗尾巴一样拴在了我身上"。

③ 诗人总结一生，为曾经追求一些虚幻的东西而羞愧。注意这里的反讽意味。

策兰［德国］

保罗·策兰（Paul Celan），二十世纪下半叶以来在世界范围内产生广泛、重要影响的德语犹太诗人。原名安切尔（Antschel），1920 年 11 月生于切诺维茨（Czernowitz，原属奥匈帝国，帝国瓦解后归属罗马尼亚，今属乌克兰）一个讲德语的犹太血统家庭。1942 年，其父母被驱逐到纳粹集中营并相继惨死在那里，策兰在朋友帮助下幸免于难，后被劳动营强征为苦力。战后，策兰离开故乡前往布加勒斯特，从事翻译和写作，并开始以 Celan（策兰）作为他本人的名字

（这在拉丁文里有“隐藏”或“保密”了什么的意思）。1947年底，罗马尼亚国王被迫退位，苏联模式下的新政权成立，策兰不得不冒险偷渡到维也纳，从此走上了一个流亡诗人的不归路。

1952年，辗转定居于巴黎的策兰在西德出版诗集《罂粟与记忆》，其诗歌天赋很快引起注意，尤其是《死亡赋格》一诗，在德语世界产生了重大影响，成为具有纪念碑性质的时代之诗。在这之后，策兰的创作日趋深化、发展，又相继出版了诗集《门槛之间》（1955）、《言语栅栏》（1959）、《无人玫瑰》（1963）、《换气》（1967）、《线太阳群》（1968）等多部重要诗集，以其罕见的艺术勇气和独创性，把他的创作推向了一个新的令人惊异的境地，获得了包括不来梅奖、毕希纳奖在内的多种最重要的德语文学奖。在他生前，著名德语犹太女诗人奈莉·萨克丝就称他为“我们时代的荷尔德林”了。意大利著名诗人安德烈·赞佐托也这样说：对任何人来说，阅读策兰都是一种“震慑的经历”：“他把那些似乎不可能的事物描绘得如此真切，不仅是在奥斯维辛之后继续写诗，而且是在它的灰烬中写作，屈从于那绝对的湮灭以抵达另一种诗歌。策兰以他的力量穿过这些葬身之地，其柔软和坚硬无人可以比拟。在他穿过这些不可能的障碍的途中，他所引起的炫目的发现对于二十世纪后半期以来的诗歌是决定性的。”

1970年4月20日，策兰因无法克服的精神创伤在巴黎投塞纳河自尽。在他死后，他的诗歌及其悲剧性命运引起更广泛的关注。他生前编定的诗集《光之逼迫》、《雪部》、《时代农家》也在他死后相继出版。现在，他已被公认为继里尔克之后最伟大的德语诗人。在欧洲，策兰的诗不仅在一般读者和诗人中产生影响，也受到了包括海德格尔、伽达默尔、阿多诺、哈贝马斯、波格勒、列维纳斯、德里达、布朗肖、阿甘本、拉巴尔特等在内的著名思想家的特殊关注；在美国，著名评论家乔治·斯坦纳称策兰的诗为“德国诗歌（也许是现代欧洲）的最高峰”，哈罗德·布鲁姆感叹策兰“令人惊异”，著名诗歌批评家、哈佛大学教授海伦·文德勒称策兰为“自叶芝以来最伟大的诗人”。

策兰是二十世纪人类黑暗时代造就的诗人。他的诗，见证了犹太民族的苦难历史，深刻体现了时代的冲突和“内在的绞痛”。他对苦难的承担，正如著名作家库切在其关于策兰的文章《在丧失之中》中所说：“他不超越他的时代，他并不想超越那个时代，只是为他们最害怕的放电充当避雷针”。

但策兰的诗不仅是对“奥斯维辛”的一种反响，他忠实于他的时代而又超越了时代。他的诗尤其是他那些深邃而又难解的晚期诗歌，至今仍在吸引着人们。它指向了一种诗的未来。

（王家新　译注）

科隆，王宫街[1]

心的时间，梦者[2]
为午夜密码[3]
而站立。

有人在寂静中低语，有人沉默，
有人走着自己的路。
流放与消失
都曾经在家。

你大教堂。[4]

你不可见的大教堂，
你不曾被听到的河流，
你深入在我们之内的钟。[5]

① 1957年10月14日，策兰和其在维也纳时期的恋人、奥地利著名女诗人巴赫曼在一次文学会上重逢，当晚住在邻近科隆大教堂和莱茵河畔的王宫街一家旅馆，该街区一带在中世纪以来为犹太人的居住地和受难地——他们不仅在纳粹时期遭受迫害，在中世纪科隆发生的一场大瘟疫中，他们就曾作为祸因惨遭集体屠杀。正是因为这种苦难的历史，策兰写下了这首诗。

② 据策兰与巴赫曼的通信，那一晚，巴赫曼曾说过"真像做梦"这样的话。策兰后来在巴黎写出了这首诗，并把它寄给了巴赫曼。

③ 不是午夜星空，而是"午夜密码"，这种策兰式的隐喻，指向了历史和宇宙那种黑暗的谜。

④"你大教堂"，在诗中单独成节，我们可以体会到当一个诗人在午夜面对宇宙的寂静和黑暗、面对那消失的苦难历史从而直接喊出"你大教堂"时的那种内心涌动了！

⑤ 全诗到最后一节，诗人在此地所遥望的大教堂、河流和所听见的钟声，已转入到一个更深邃、内在、不可见的层面，从而更意味深长。

波城，更晚[1]

在你的眼角
里，异乡人
有阿尔比教派之影[2]——

在
滑铁卢广场[3]之后，
向着孤儿般的
椰韧鞋，向着
那同样被出卖的阿门，
我唱着你进入
永恒的
房舍入口：

而巴鲁赫[4]，那永不
哭泣的人
或许已磨好了镜片
那所有围绕你的

玻璃棱角，

那不可理喻的，直视的

泪水。⑤

---

① 波城（Pau），法国西南部城市，策兰在同期曾写过《波城，晚间》一诗，故这首诗为《波城，更晚》。

② 波城让诗人瞥见了“异乡人”眼里的投影——而那是一个起源于11世纪法国阿尔比、后来被视为异端遭到教皇和法王残酷镇压的基督教教派的投影。正是这种投影，让诗人意识到自己作为一个异乡人和异教徒的命运。

③ 接下来，诗人没有继续写波城——有那一抹投影就够了，而是转向了他的阿姆斯特丹之旅，滑铁卢广场即位于阿姆斯特丹。

④“巴鲁赫”，荷兰犹太裔哲学家斯宾诺莎（1632—1677）后来为自己起的名字，在他24岁时，他被犹太教团以异端罪逐出教门，后移居到阿姆斯特丹，改名换姓，以磨制镜片为生，同时在艰难条件下从事哲学和科学研究。

⑤ 这首诗是一个以一种我们意料不到的方式“征引历史”从而把自己铭写在当下的例证。它有一种策兰式的“奇特关联”，它不断跳跃，脱轨似的跳跃，同时它又在不断地“聚焦”——从法国波城到阿姆斯特丹，从与“异乡人”的相遇到历史上被迫改名换姓的斯宾诺莎，它所写的，不外是人在黑暗历史中的孤独，“孤儿

般的”孤独。到了全诗的最后几句，一位坚持独立思想的人对镜片的磨制，不仅成为一个核心般的隐喻，更重要的是，一首诗因此而找到了“当下的进入点”，“当下的搏动”开始在这首诗中跳动——并且是永久地跳动着！的确，就在这样的诗句中，我们的命运“发生”了。

白色声音[1]

白色声音，被捆缚
光线——
行走
越过桌子
与信瓶一起泅渡。[2]

（它倾听它自己，倾听
大海，它也饮着
大海，显露
一路跋涉的
嘴巴们。）[3]

一个秘密
永久地插足于词语。
（谁从它脱离，滚到
无叶之树下。）

一切

影子之扣

在一切

影子关节上

可听见——不可听见

此刻它们自己报到。[4]

---

① 这首诗写的也是一种艰难的行旅——声音自己的行旅。诗人没有写声音的发出者，更没有在那里“表现自我”，而是写声音自身，因为它已获得了自身的生命。

②“信瓶”是策兰从曼德尔斯塔姆那里得来的一个关于诗歌命运的隐喻。纵然“知音”难觅，策兰却一直认定生命在于对话，只不过它是一种“绝望的对话”，或一种“瓶中的信息”罢了：“它可能什么时候在什么地点被冲上陆地，也许是心灵的陆地”。

③ 该诗的第一、第二节对声音的真切描绘，让我们联想到德里达在谈论策兰时所说的话：“什么是作品？创作作品就是给语言一具新的身体，就是给语言以身体，以便语言的真理能够如是地出现，能够出现然后消失，能够作为某种省略的退缩而出现。我相信，从这点看，策兰，是诗人的典范”，“他唤醒语言，而为了经验这种觉醒、（这种）语言生命的回归，为了真的在这转瞬即逝的鲜活肉身中经验这些，他就必须与其（语言的）躯体非常接近。”（德里

达《语言，永不为人所有》，王立秋译）

④ 诗最后写声音的到场和回归。它“可听见”，又“不可听见”。它仅仅关切自身，并把诗人拉进这种关切。它到来，又消失。也许这就是声音的性质。

卫　墙[1]

拆除这呼吸的硬币吧，[2]
从围绕着你与树的空气中：

如此
多的
索取[3]，在心坎路上
希望向上与向下
要付出的——如此
多

就在拐弯处，
他遇上了面包之箭，[4]
而它曾饮过他的夜酒，那
愁苦之酒，让国王不眠的
夜酒。

那双手没有来吗，[5]带着它所守护的夜，

和幸福
浸入它们的苦杯深处
它没有来吗？
那长睫毛的三月芦苇，
带着人类的声音，曾在那里发光的，
也没有来吗，从那远处？

那只信鸽迷了路，她的脚环
被译解了吗？（所有围绕她的
云团——易懂。）鸽群
允许她吗？它们是否理解，
并接着飞，当她尚未归来？⑥

屋顶石瓦之船台，——航行
已由鸽子的龙骨备下。血的讯息
从舱壁渗出。⑦过期的日子
就那样年轻地下水了：⑧

经由克拉科夫
你到达，在安哈尔特——

火车站，
你遇见了一缕浓烟，
它已来自明天。[9]在
泡桐树[10]下，
你看见刀锋林立，再一次
因距离而闪光。那里的人们
在蹦跳。（七月
之十四。另外再加九个多）[11]
那横穿的，装蒜的，龇牙咧嘴的
全在上演。裹着
一条带铭文的绶带，吾主
也在人群中现身。他拍下
一张小巧的
纪念快照。[12]
那自动快门，就曾是
你。[13]

噢这份——
友情。[14]但，再一次
你知道你所到之处，还是那

精确的
水晶。⑮

① 该诗原标题为法语 La Contrescarpe，指堡垒外的卫墙；临近巴黎拉丁区有一处著名的带有喷泉和咖啡馆的“卫墙广场”(Place de La Contrescarpe)，策兰的舅舅生前就生活在附近一带 (后来他作为法国犹太人被押送到奥斯维辛集中营并死在那里)，这也是策兰 1938 年到法国读医学预科期间就熟悉的地方，就该诗后面的内容来看，也是策兰于 1948 年 7 月由维也纳前往巴黎首先到达的地方。策兰特意用这个法文词作为标题，作为一个德语犹太诗人流亡生涯的语言标记。

② 按犹太人的习俗，在死者的嘴里往往要放入一枚银币。策兰在写给曼德尔斯塔姆的诗中也有这样的诗句，“银币在你的舌上熔化，／那是黎明的滋味，永恒的滋味”。

③ 这个词凝聚了诗人对其命运的至深感叹。这是拦路的命运对人的索取，也是诗对一个诗人的索取。在其他的诗中，策兰也写到这种索取：“当心，这夜，在沙的／支配下，／它会对我们俩／百般索取”(《我们，就像喜沙草》)。

④ 在这一节，语言拐了一个弯。“面包之箭”，我们可以想象是诗人在“卫墙广场”拐弯处瞅见面包店时产生的一个意象。它也是个生死相依的隐喻。迦达默尔在解读策兰诗中多次出现的“箭”的隐喻时曾这样说：“发送讯息的箭是死亡的必然性，它从不错

过它的目标。”“它的射击突然撕裂一个目标，很相反，它是生命自身的拉力。没有多少来自心弦的死亡像它那样信任死亡的必然性——这种必然性乃是生命，那种对每个人来说，经过箭之书写的突然打击，往往已被辨认出的生命。”

⑤ 夜酒、国王、苦杯这类隐喻比较容易理解，“那双手”有点突然，因为它脱离了具体的身体。“那双手”是握着苦杯的手，但也可能更神秘。

⑥ 诗的第5节又出现了跳跃，诗的空间因此拓展了。“那只信鸽迷了路”，显然，这里的“信鸽”和接下来第6节的“船台”都指向“诺亚方舟”的传说，在《旧约·创世纪》中，诺亚从方舟中放出鸽子查看洪水是否消退。在策兰这首诗中，鸽子并没有衔着橄榄枝回来，而是以它的龙骨作为了献祭和牺牲。在这一节里，还写到了个体与群体的关系，暗含了诗人在族群中不被理解的痛苦。

⑦ 诗的第6节，以信鸽的龙骨作为救赎的龙骨，这是一个惊人的想象，也是一种悲剧命运的写照。“血的讯息／从舱壁渗出”，更深刻的意象出现了，它把全诗推向了一个高潮。

⑧ “过期的日子／就那样年轻地下水了”。在这样的诗句中，过去与现在叠合，那难以忘怀的过去就是当下，它使诗人回到早年生命中一个决定性的时刻。

⑨ 这一节，以一种“插入语”的错落排列形式出现在全诗结构中，它首先记录了一个命定的历史时刻：1938年11月9日，尚18岁的策兰遵父母之命前往法国读医学预科，“就那样年轻地”进入了命运的轨道。他乘火车从波兰的克拉科夫启程，经过柏林的

安哈尔特火车站前往法国时——也许正出于命运的“友情”(如诗人在该诗后面所嘲讽地说到的那样)——正好遇上党卫军和纳粹分子疯狂捣毁犹太人商店、焚烧犹太教堂的“水晶之夜”刚刚过去。因为策兰到达安哈尔特时已是10日凌晨，所以他遇见了的那一缕烟“已来自明天”。似乎就在那一刻，那来自“明天”的集中营里焚尸炉的滚滚浓烟，就为他和他的民族升起来了。耐人寻味的是诗的叙述角度和位置：“你遇见了一缕浓烟/它已来自明天”，这不仅写出了对未来的不祥预兆，带有一种预言的性质，从这样的叙述角度来看，似乎诗人也永远将自己留在那个天空被焚烧得透明、令他身心震动的那一夜了。

⑩ 泡桐树，Paulownien，这个树名也和策兰自己的名字“Paul”相关联。

⑪ 这又是策兰的一个“记忆码”：该诗写于1962年9月，自1948年7月流亡法国起，策兰已在巴黎度过了14个7月了。另外，自1938年11月策兰第一次前往法国留学，到1948年7月他由维也纳流亡法国，这其间有9年多的时间。这一组奇特的数字在诗中被引入了括号，这也可以视为是诗人在为记忆“加封”。

⑫ 那蹦跳的、横穿的、装蒜的、龇牙咧嘴的……显然是对纳粹排犹历史场面的描绘。这种描绘充满了厌恶和嘲讽。这种策兰所描绘的反犹狂热，让人联想到犹太裔女思想家阿伦特所说的那种“平庸的恶”。不仅如此，在这一节诗里，甚至对“主”的描绘都充满了嘲讽。当然，在戏谑和嘲讽之下，还暗含了对上帝的缺席的沉痛。

⑬“那自动快门，就曾是/你”，这一句诗，也暗含了诗人对自己

作为历史见证人的反讽。

⑭“噢这份—— / 友情”，在一节长长的历史“插入语”之后，以一个“噢——”，极尽嘲讽和解脱之意。这里，诗人的语气及紧接着的语气转折（“但，再一次”）都是决定性的。

⑮“水晶”这个意象在全诗最后出现了。它不仅和开头的“呼吸”相照应，形成全诗的完整结构，它也和“水晶之夜”有联系，它是命运、苦难、记忆、呼吸和词语的结晶。它无形而又精确（“痛苦的精确性”）。正因为如此，它成为策兰诗中最常出现的一个重要意象。它是诗人对命运“友情”的一份回报，它本身就是一种奇迹般的语言的结晶。

带着来自塔露萨的书[①]

所有诗人都是犹太人[②]

——玛琳娜·茨维塔耶娃

来自
大犬星座，来自
其中那颗明亮的星，和那
低矮的光晶，[③]它也一起
映射在朝向大地的道路上，

来自
朝圣者的手杖，也在那里，来自南方，异乡
并临近夜晚之纱，
就像那些未安葬的词语，
漫游于
抵及的目标、墓碑
和摇篮的禁地。

来自
真实——预言的和走向你的事物，
来自
那向上诉说的，
已陈放在此，如同
一片独自的心石，吐出
与那牢不可破的钟表一起
向外吐出
乌有之乡和非时间。[④] 来自
滴答和滴答声，在
砾石立方中，
回到猎狗的足迹后，
向上可追寻
祖先的
名字
谱系和它的
圆形深渊。

来自
一棵树，一棵。

是的，也来自它。来自围绕它的森林，来自
未步入的森林，来自
那长出思想的地方，作为语音
和半音、切换音和尾音，斯堪特人式的
混合诗韵 ⑤
以太阳穴的被驱送的
节奏
以
呼吸过的被践踏的
草茎，写入
时间的心隙——写入国度
那个最辽阔的
国度，写入那
伟大的内韵
越出
无言民族的区域，进入你
语言的衡度，词的衡度，家园的
衡度——流亡。⑥

来自那座桥

来自界石，从它
他跳起并越过
生命，创伤之展翅[7]
——从这
米拉波桥[8]。
那里奥卡河不流淌了。*怎样的*
爱啊！[9]（西里尔的字母[10]，朋友们，我也曾
骑着它越过塞纳河，
越过莱茵河。）

来自一封信，来自它。
来自一书信，东方来信。[11]来自坚硬的，
细微的词丛，来自
这未装备的眼，它传送至
那三颗
猎户座腰带之星——雅各的
手杖，[12]你
再次行走了起来！——
行走在
展开的，天体海图上。

来自桌子，那发生这一切的桌子。⑬

来自一个词，词丛中的一个
靠着它，桌子，
成为了帆船板，⑭ 从奥卡河
从它的河水们。

来自一个偏词⑮，那
船夫的嚓嚓回声，进入夏末的芦管
他那灵敏的
桨架之耳：⑯
Kolchis⑰。

---

① 1962 年 9 月，策兰在巴黎收到一个朋友寄来的《塔露萨作品集》，塔露萨为莫斯科以南作家、艺术家们经常去聚会的一个河边小城，该作品集里有茨维塔耶娃 41 首诗。正是来自“塔露萨”和茨维塔耶娃的激发，他写出了这首 80 行的长诗。

② 原引诗为俄文，出自茨维塔耶娃《末日之诗》第 12 首：“在这

基督教教化之地/诗人——都是犹太人!”

③ 大犬星座为先民迷信的神秘星座，古埃及人曾根据其方位建造金字塔。诗中“明亮的星”及“低矮的光晶”指其星座内的天狼星和白矮星。作为一个拥有古老精神基因的犹太诗人，在策兰那里，一直有着一种天文学与个人命运的隐秘对应。明亮的大犬星座高悬于前方，对他来说，那是命运的定位，是对“天赋”的昭示，也是一个诗人对自身起源的辨认和回归。

④ 诗的第2节、第3节和一种家园神话及记忆联系在一起。策兰来自切诺维茨（原属奥匈帝国，后属罗马尼亚，战后划归苏联乌克兰，并改名为切尔诺夫策），历史的浩劫，不仅使世代生活在那里的犹太人所剩无几，也完全从地图上抹去了其存在，它真正变成了鬼魂之乡、乌有之乡。这也就是为什么诗人要从“未安葬的词语”开始寻找。

⑤ 斯堪特人，古代住在黑海以北、俄罗斯以南的游牧民族，所在区域包括策兰的出生地切诺维茨。因而斯堪特人的诗韵注定是一种不同语言文化相混杂的“混合诗韵”。不仅如此，斯堪特人的地带又是一个饱受希特勒的第三帝国蹂躏的地带，因而那“被践踏的/草茎”也随着出现了。而策兰自己，正是要为这被死亡和暴力所践踏的草茎写诗，要使那些受害者、沉默者和牺牲者通过他发出声音。

⑥ 在这一节里，诗的节拍一浪浪涌来，到了“越出/无言民族的区域……”进入一个超越的时刻。如果说写诗就是“去接受尺度”，策兰的“尺度”由“语言的衡度”、“词的衡度”，最终推向了“家园的/衡度——流亡”！这就是他全部诗学的最后发音！

⑦ 诗写到“来自那座桥”时，那久久压抑的冲动就出现了，更令人惊异的是“创伤之展翅”这一句，似乎走到这一步，诗人所一直忍受的创伤也变得羽翼丰满了！他要以他的创伤飞翔了。

⑧ 米拉波桥为塞纳河上的一座桥，策兰后来就是从这座桥上投河自尽的。

⑨ 奥卡河，伏尔加河的一条支流，塔露萨城即坐落在其河边。“那里奥卡河不流淌了”，“那里”是指米拉波桥，好像在米拉波桥下流淌的已不是塞纳河，而是茨维塔耶娃的奥卡河了，这真是感人至深。“怎样的爱啊！”这一句原文为法语，出自阿波里奈尔的名诗《米拉波桥》。是的，正是爱，那满怀伤痛的爱，使奥卡河来到了米拉波桥下，并变得不流淌了。

⑩ 西里尔字母，由希腊文演变出的几种斯拉夫语言，包括俄语，罗马尼亚语，这都是策兰精通的语言。他曾把叶赛宁、曼德尔斯塔姆的诗译成德语，使它们越过塞纳河、越过莱茵河。如果说德语使他痛苦，法语使他温柔，罗马尼亚语带着一种乡愁味，希伯来语为他透出神圣的光，那么曼德尔斯塔姆和茨维塔耶娃的俄语则带着他飞翔，飞向那“乌有之乡和非时间”！

⑪ 这里的“东方来信”，也许是来自曼德尔斯塔姆的遗孀（她曾和策兰有通信联系），也许是来自其他俄国友人。但从更“确切”的意义上，是来自策兰曾从曼德尔斯塔姆那里取来的“瓶中信”。

⑫ 诗一开始是大犬星座，这次是明亮、威武、腰带上佩着三星的猎户星座了，而雅各的手杖——犹太民族神话中那爱和神迹的象征，也再次叩响，并行走在展开的“天体海图”上！

⑬ 就在想象力展开、诗的宇宙因之无限扩展之后，诗又落到了这

样一个"实处"。显然，这不是一张一般的桌子，这是一张"诗人之桌"——茨维塔耶娃就曾写过《书桌》组诗，感激那遍布伤痕而又忠实的书桌，感叹它"秘密的高度"，称它为苦行僧的石柱、宝座、旷野。正是它承担了"诗的见证"。

⑭ 有了一张诗人之桌，有了茨维塔耶娃歌唱的奥卡河，也就有了那顺流而来的"帆船板"——诗让这一切发生。

⑮"偏词"(Nebenwort)，很耐人寻思。策兰将"Neben"(在旁边的，附近的，紧靠着的)与"Wort"(词)组合在一起，不仅将语言陌生化了，它也成为了他自己的一个"暗码"！什么是"偏词"呢？像茨维塔耶娃和策兰这样的诗人就是！布罗茨基在论述茨维塔耶娃时就曾这样说："她最终摆脱了俄国文学的主流终究是一件幸事。正如她所热爱的帕斯捷尔纳克所译的她热爱的里尔克的一首诗所写，这颗星，有如'教区边沿上最后一所房舍'的窗户里透出的灯光，使教区居民观念中的教区范围大大地扩展了。"

⑯"桨架之耳"，这样的隐喻真是精彩绝伦！当船夫的嚓嚓回声进入夏末的芦管，他收起了划动的双桨，以他那灵敏的"桨架之耳"屏息倾听——其实，这正是策兰所说的"换气"的一瞬。这里出现了对语言的伟大倾听。

⑰ 一个词，一个神示的地名，一种神秘的回声！Kolchis，科尔喀斯，古希腊传说中的王国，位于黑海之滨，英雄吕阿宋曾乘船到那里去取金羊毛，途中历尽艰辛。另外，Kolchis和策兰所喜欢的秋水仙花类(Kolchizin)发音接近，也许他从中听到一种语言的回音。这是一种什么回音呢？或可说，这就是当"神的灵运行

在水面上”(《创世记》)时，在他那里产生的一个回音！而这，已不可解释了。策兰的这首诗，告诉了我们什么叫“创伤之展翅”，同时也在昭示着一条穿越语言、文化和生命边界的艰途和伟大之途。

赫伯特［波兰］

齐别根纽·赫伯特（Zbigniew Herbert），波兰诗人、随笔作家、剧作家，1924年出生于加利西亚的首府利沃夫，并在那里长大，二战结束后这一历史地理区划归苏联（今乌克兰）。他身上流淌着英国血统，是十七世纪威尔士出生的英国诗人、演说家乔治·赫伯特的远亲。他的家族从维也纳迁来加利西亚，他的父亲在一战期间是波兰军队的士兵，参加过利沃夫保卫战，后来做过律师和银行经理。二战期间利沃夫被德国占领，他的学业被迫中断，做过饲养员、售货员等，也参加过抵抗组织。

1944年，赫伯特随家人迁往波兰文化名城克拉科夫。次年苏联红军到达利沃夫，他的故乡划归乌克兰加盟共和国，从此他与故土分离，变成一个无根的人，这也成为他写作的动因之一。他在克拉科夫读了三年经济学后（同时也在美术学院听课），又随家人迁居北部的索波特。那座波罗的海滨海城市是著名的旅游胜地，位于格但斯克和格丁尼亚之间。其后他做过银行职员和杂志编辑，加入过波兰作家协会，在那里认识了女友。同时，他在两百公里外的托伦大学攻读法律专业并取得硕士学位。

那以后，赫伯特来到首都，入华沙大学攻读哲学。虽然他的诗作很早就在杂志上发表，但第一本诗集《光的和弦》直到斯大林去世后的1956年才出版。继而他推出了好几部重要诗集，《赫尔墨斯，狗与星星》(1957)，《客体的研究》(1961)，《我思先生》(1974)。他成为战后最负盛名、被西方译介最多的波兰诗人之一，同时频频获奖，包括以色列的耶路撒冷文学奖（1991）。诗人因此获得许多游历机会，先后到访法国、英国、意大利、德国、比利时、荷兰、奥地利、美国、希腊等，有时一住就是数年，并在巴黎结了婚。

《我思先生》使得赫伯特在国外名声大振，这部作品得名于笛卡尔的哲学命题，以一种讽喻的眼光打量那位“我思先生”的日常生活，这家伙与艾略特笔下的厌世者普鲁弗洛克颇为接近。在美国甚至有一个“我思先生俱乐部”，而波兰的“我思·赫伯特”先生则不怎么走运。在1989年“天鹅绒革命”以前，波兰社会不定期的宽松和紧缩，每每使他陷入“抽屉写作状态”。有时很长一段时间，他的新作不能出版，已出版的诗集不能上架，他的剧本更不能上演或重演。

视野的拓宽也赋予赫伯特新的写作动力，他出版了一本讨论意大利和法国文化历史的游后感《花园里的野蛮人》（1962），还有一本有关荷兰文化遗产的随笔集《生活仍然带着马嚼》（1991）。赫伯特也是一位艺术史论者，他还经常发表政治见解，曾致函美国总统乔治·布什等政要，甚至公开批评另一位波兰诗人、诺贝尔奖得主米沃什，后者高度评价了他的诗歌，招来了许多非议。生命的最后一年，赫伯特是在病床上与哮喘病抗争，同时坚持写作。他去世后，波兰总统授予其“白鹰勋章”。

赫伯特的诗歌具有深广的文化和历史视野，风格多变，属于那种在不同时期用不同风格写作的诗人。他在诗中经常用到神话、中世纪英雄和艺术品等元素，吸引了批评家。但这不意味着遥远或事物的闭合，个性和事件的复活可以帮助读者理解历史的同时也理解现实。在他眼里，过去是现在的一个度量，历史是最容易观察的存在物。因此我们可以说，赫伯特是历史的漫游者。通过造访不同的时代，他与不同的人交谈，这些人包括荷马、伯利克里、苏格拉底、塞内加、笛卡尔、斯宾诺莎、康德等。

（蔡天新　译注）

家[①]

家是一年四季不分的
家是孩子们的宠物和苹果
是一片方正的空间
在一颗茫然的星星下面[②]

家是童年的望远镜
是情感的皮肤
家是姐姐的一个脸颊
是树木的一根枝桠[③]

家是一束吞噬脸颊的火焰
家是一颗折断枝桠的子弹
一首无家可归步兵的歌
在鸟巢撒落的尘埃之上

家是童年的立方体
家是激情的熄灭

是姐姐燃烧的翅翼

是枯树的一片叶子④

---

① 这首诗收入作者的处女诗集《光的和弦》(1956)，出版时诗人 32 岁。

② “茫然的星星下面”，这句话含义无穷。可以设想，在斯大林时代，仅这一句可能就可以让诗人无法出版，甚至惹上麻烦。

③ 脸颊也好，枝桠也好，都十分脆弱，这在下节开头得到验证。

④ 最后两句回到上面的主题，表面诗人对生活的态度，失望但没有绝望。

敲击者[1]

有些人的脑袋上
长着一个花园[2]
头发里有小径通向
那白色、遍地阳光的城市

写作对他们是容易的
只要一闭上眼睛
成群的鱼儿便立刻
从他们的前额流淌下来[3]

我的想象
是一片木板
我唯一的乐器
是一根木棒

我敲击那木板
它回答我

是——是

否——否

其他人听见了绿树的钟声

蓝色水波的钟声

我有一个敲击者[4]

来自于不设防的花园

我锤击那木板

它提示我

用道德家枯燥的诗句

是——是

否——否

---

① 这首诗和后面那首《声音》选自诗人的第二部诗集《赫尔墨斯，狗与星星》(1957)。赫尔墨斯是希腊主神宙斯之子，本意为农村用来表示边界的一堆石头，是梦神、雄辩之神，也是音乐和旅行者的保护神。

② 给了一个假设以后，接下来就依次展开想象力，这一手法可以

表现一种逻辑和理性之美。

③ 这一节充分表现了诗歌的魅力和作为诗人的幸福感。同时，也与下面所说的道德家的枯燥形成强烈的对比和反差。

④ 此敲击者是一个回声，似乎也预示着对灵魂的一种拷问。这种拷问对不同的人来说，意义是不同的。

声　音[1]

我走在海滩上
寻觅一种声音
在一个波浪与
另一个波浪的间歇

但却什么都没有听见
除了水的古老絮语
没有别的唯有咸涩
还有一只白鸟的翅翼
晾晒在一块石头上

我走向了森林
那儿有个巨大的沙漏[2]
持续不断地哼鸣
把叶子拖入腐土
或把腐土放进叶片
昆虫有力的下巴

吞噬了大地的沉默

我走进了田野
大片的绿色和黄色
被小生物们的腿脚粘紧
在每一阵风吹来时歌唱

那声音在哪儿
它应该清脆嘹亮
假如大地无休止的独白
出现片刻的停顿
可是，除了私语啥也没有
轻轻的拍击声骤然递增

我返回家中
经验告诉我
有两种可能性
要么世界是个哑巴
要么我是个聋子③

但是或许

我们会注定双双

陷于自己的苦恼

因此我们必须

肩并肩

继续无目的地

走过收紧的喉咙

从那里传来

一种含混不清的声响④

---

① 在很长一段时间里，东欧与中国曾有过相似性。不过从这首诗看来，同时代的两地诗人思考的方式有别，或许因为波兰有过肖邦。

② 沙漏记录的只是时间，诗人寻找的却是时间发出的声音。

③ 这两句是本诗的精粹，是那个年代的回声，令人想起顾城的《一代人》。

④“收紧的喉咙”和“含混不清的声响”都是那个年代的特征。

去往克拉科夫的旅行[①]

当火车终于出发前行
瘦黑的活字也开始排列
他跟那个男孩聊起了天
——他的膝盖上有一本书

——嗨，你喜欢看书吗？

——是的，我喜欢。他回答
那样可以消磨时光
在家要干的事儿太多
这里不会有人打扰

——没错，你说得对极了
你读的是什么书呢？

——《农民》[②]。男孩回答
非常贴近生活

只是有一点点长
不过适合冬天看

我还读过《婚礼》[3]
那实际上是一出剧本
很难看得下去
里面的人物太多

《洪流》[4] 又不太一样
看时感觉亲身经历过
不骗你——写得真棒
简直像部好看的电影

《哈姆莱特》——老外作家写的
也很是有趣
只是那个丹麦王子
有那么一点儿柔弱

隧道到了
火车进入了黑暗

谈话突然中断
权威的评论结束了

在书页的空白处
手指印和纸张
被粗糙的拇指甲划过
欣喜且没收⑤

---

① 克拉科夫是波兰文化名城。赫伯特 20 岁那年，随家人从利沃夫迁往该城。不过写这首诗时，他已经 33 岁了。或许他从男孩身上，忆起当年的自己。

②《农民》是波兰作家斯坦尼斯瓦夫 · 莱蒙特（1867—1925）的四卷本小说，描述了一年四季的农村生活，几乎全用农民语言写成，他因此获得 1924 年诺贝尔文学奖。

③《婚礼》(1901)，波兰剧作家、画家、诗人斯坦尼斯瓦夫 · 维辛斯基（1869—1907）的象征主义戏剧。克拉科夫是他的出生地和逝世地。

④《洪流》(1886)，波兰作家、1905 年诺贝尔文学奖得主显克微支（1846—1916）的作品，是描写 17 世纪波兰的历史三部曲之一，有着史诗般的明晰和简朴。

⑤ 从男孩的角度，欣喜是因为遇到倾听他发表意见的大人；从作者的角度，欣喜是因为记忆转化为诗歌，即被没收了。

关于我思先生的两条腿[①]

这条左腿是正常的
可以乐观地说
在腿的内侧
露出一点稚气
有形的肌肉
小腿强健

这条右腿
上帝该怜悯了——
皮包骨瘦
有两块疤痕
一个在阿基里斯腱[②]
另一个椭圆形
是浅桃红色的
一次不光彩的逃亡的纪念

这条左腿

可以跳跃
比如芭蕾
过分热爱生活
参与各种冒险

这条右腿
有着高贵的僵硬
冒被嘲笑的危险

总而言之
这两条腿
左边的堪比桑丘
右边的
被漫游的骑士召唤③
我思先生
将要出发
步履蹒跚地
穿越这个世界④

---

① 我思先生，显然是从法国哲学家笛卡尔的哲学命题“我思故我在”那里获得的灵感，这一形象贯穿了《我思先生》整部诗集。

② 阿基里斯腱，人体最大的腱，位于脚踝后侧。

③ 西班牙作家塞万提斯笔下的堂·吉诃德和其仆人桑丘的故事家喻户晓，尤其在波兰这样的国度。

④ 两条腿实为两颗心灵，这是人心的矛盾，也是人格的分裂，那个特定的年份和社会环境下特有的分裂。

梅里尔［美国］

詹姆斯·梅里尔（James Merrill），被认为是二战后一代最重要的美国诗人之一。1926年3月3日，梅里尔出生在纽约市，他的父亲查尔斯·梅里尔便是美国大财团美林（Merrill Lynch）投资公司的创始人。梅里尔童年时无论是在经济上还是在教育条件上都享受了最优越的成长环境。十六岁时，梅里尔的父亲把他不成熟的诗歌和小说作品收集起来出版。

1945年，梅里尔在短暂入伍后回到阿姆赫斯特学院学习，两年后毕业。梅里尔在阿姆赫斯特学院的毕业论文写的是普鲁斯特，也可以说，普鲁斯特对于记忆和怀乡的主题也影响了梅里尔的写作，梅里尔诗歌的主题往往融合了自传和原型。梅里尔二十岁时，他的大学教授（也是他当时的同性恋人）基蒙·弗莱尔为他出版了第一本作品成熟的诗集《黑天鹅》。梅里尔 1951 年出版的《最初的诗篇》是他第一本大规模商业出版的诗集。

梅里尔最长久的同性恋伴侣是作家大卫·杰克森，他们在美国康州的斯通宁顿一同度过了四十多年的时光。其中有二十年，他们每年一同到希腊雅典旅行暂住，因此希腊的景物也成了梅里尔诗中十分重要的主题。早在 1950 年代，梅里尔就坦率地描述了他与过去和当下数位同性恋男友的关系。

梅里尔的家庭背景使得他有足够的条件和时间在美国国内和全球旅行（较多的是希腊、意大利和土耳其），我们可以看到他的许多诗题都与他乡的地名相关。他 1959 年出版的诗集题为《千年和平的国家》，指的便是瑞士。不过，他的旅行诗主要不是对旅行之地的直接与显见的描绘，而是与当地的文化语境产生一定的关联。

虽然梅里尔的家庭出身给了他极大的物质财富，他的生活并不铺张奢华。他成立了一个以他父母名字命名的基金会，资助文学艺术和公共电视，在他具名或匿名资助的作家中也有比他年长十多岁的女诗人伊丽莎白·毕肖普。

梅里尔的诗以优雅和机智著称，充满了谐趣、语词游戏和双关。把自传和原型结合在一起也是梅里尔诗风的显著特征。梅里尔的早期作品曾被批评辞藻过于讲究精致，1960年代开始，梅里尔的写作渐渐远离形式主义，融入了更多的个人色彩，同时风格也更为粗粝和口语化，但这种个人化以及自传性与“自白派”有很大的不同。梅里尔更多地与神秘主义发生关联，从世界之外的世界获取灵感。在这一方面，他受到但丁、叶芝和奥登的影响都十分明显。

梅里尔获得过的主要奖项包括诗集《神曲集》1977年所获的普利策奖，长诗《桑多弗变幻的光》1983年所获的国家书评界奖，诗集《夜夜日日》在1967年和《米拉贝尔：数字书》在1979年所获的国家图书奖。1978年起梅里尔成为国家艺术和科学学院院士。1990年，他的诗集《内屋》获得了由国会图书馆颁发的第一届博比特国家诗歌奖。从 1979 年直到他 1995 年去世，梅里尔担任美国诗人学院的院长。

（杨小滨　译注）

阿姆斯特丹

“在那个多么像你的国度”[①]

有一座城，华厦凋零
在街道、水路的严丝密网中
钟塔流淌，摇曳，[②]
而欲望逃逸出身体的囚笼。[③]

进到迷宫深处的黑色绝境
一面镜子插入她辉煌的断头，
嘴，红而湿，灰色鬈发镶了钻石。
一个青年前往幻影，迟疑，

透过窗户眯眼看见皱巴巴的床，
猫，熟识的，在蜡染被单上漫步，
情郎已经不再比
任何空荡的小屋更独特，

然后他转向回来，留下她
包装在一阵现实主义的恶气中。
她的首饰在烟垢的框架里
为未来的暗通款曲重新闪亮。

（曾经，仅有一次坚决声称
拥有那早已备妥的爱，
不是由任何陈旧便服里的肉身
也不是由那忠诚的鬼魅，她的唇燃烧

她的唇干燥弯曲，曾被舔到消隐；
一夜一秋，如此攫住了
某些书卷，狂暴但受控
为了不留任何遗憾，除非

一束头发，浅栗色，不那么金黄
在褶皱的靠垫上，成为你必须忍受的，
把热情引向消音，如祈祷，
更浅，更凉，细下来，如已预言的，

进入无人之发的纯金，
任何我们当作飘送的
芳香，当音乐在水上流淌
流进变暗的卧铺，如今在他处……）④

第二天，是不是我自己，这个形象是
那些把自己形象晒在运河远处的人
微笑着见到摇摆下滑在
一片树叶上，翻滚，痛苦地镇定下来？⑤

我的头已向前落下，睁着眼。
某人的舒曼词语——“像一只天鹅
迎向黑曜岩的激流”——
在我身下的甲醛里无所事事。

我是否成为我的感觉，而别的都已逝去？
从奢侈行为而来的一阵暖洋洋疾风
搅乱倒影，留下尘土的
轨迹，如日光运行其上的水。

天黑时，世界再次完整无缺，

或镜子也是，擦净了，试着推断……

哦，小月亮们，异形而上升

用它们折射的情感致人目盲！

---

① 诗句出自波德莱尔的诗《邀游》。

② 阿姆斯特丹是座水城，河道纵横，被称为“北方的威尼斯”。周围建筑的倒影有如在河里流淌。第二节和最后一节中的“镜子”意象也与此相关。

③ 阿姆斯特丹，长期以来以最开放的红灯区而著称。这便是这首诗前 4 节的背景。

④ 括号里的这 4 节，时态从现在时转为过去时，是对过去一次幽会的回忆。

⑤ 最后 4 节又回到了现在时态，不过人称却转化为第一人称。

希腊之后

光进入橄榄
油也是。雨使巨大苍白的石头
从内部闪亮。月亮刷白他的头发
他接着从柱子间步出，
挡住双眼。弥漫在
乡村的那些都是旧思想
公开可见于各元素。[①]
在神祇的房屋里只有
此处和彼处的一个小前提[②]
会平衡这个天空，它的星辰固定在
一个淳朴古老的都城。其余的
到处散落，它们的槽面卷筒半沉于仙客来
或深入水的刺骨清澈
第二周，我驶回家时
真是难以撑起我。
但哪里是家——这些墙?
这些肢体?脚下的长毛狗

在睡眠中，往哪里飞奔?
秋天了。我没有邀请
那些浮夸又靠不住的宾客，他们喝我的烈酒。
散步归来时我发现
瓶子里装满了脾气，连我的房间
也被倒影涂抹到远处铁杉上。
某些日子我在梦里
逃回少女们的露天凉台
只见我的高祖母们
伫立在那里，往一只
波西米亚红玻璃球内细细察看。
当它胀缩时，我召唤
恩典，狂怒，命运，转移到
我国温暖光亮的殿堂，有铆钉
强行穿越绸缎，没有什么剩下要承受的。③
他们似乎迫切想知道
如今是什么举起了天空。
我开始解释如何在那大火里
有另外的铁——呃，艺术，公共精神，
无知，经济学，爱自己，

恨自己，一百种更多的，④
每一种都焦灼地想被感到，每一种都致力于
让我们避开最糟的；我多么不信任它们
有如应当不信任那些女人；我多么想要
精华：盐、酒、橄榄、光、尖叫——
不！我未曾命名你们，
看，刹那间你们成熟地站在我面前，
一列又一列，精华们，
着装有如你的姐妹女像柱
或有如嫉妒死者的墓碑天使，
戴着波状发饰，嘴唇枯萎，被尘垢开裂，
无瑕的眼睛在广袤的
锌和镀银的北方天空下茫然……
待下来吧。或许是体系
呼唤精神。我最后一次咽下的
这第一块玻璃
我在那老世界里吃喝掉。但愿我
也比它的意义，和我自己的意义，活得更久。

---

① 本诗开始于希腊的废墟间对于古典思想的联想。橄榄和橄榄油也都是希腊的象征——希腊的国花便是橄榄花。不过，“光”和“油”似乎代表了精神向度与感官或物质向度之间的对比。

②“前提”的原文 premise 在英文中也可指“房产”的意思（呼应了上一行的“房屋”），在这里暗示了某种双关的意味：古希腊文明中关注的逻辑“前提”和（以美国为代表的）当代西方社会所关注的物质“产业”。

③ 这几行，地点（在梦里）从希腊转移到美国，梅里尔召唤希腊所代表的某些高贵、有力的情感和观念，并隐喻地描绘出一种实用的工业机械化暴力对艺术的摧毁。

④ 原文中这些词语都是大写的，被比作大火淬炼过的钢铁。下文的“精华”及其具体所指，也同样是希腊文明所代表的精神传统。

在纪念碑谷

春天的余辉里，战争的一次静谧间，
特洛伊南边的肖普农场，我最后一次骑在马背上。
一群安宁从那颗晚星涌入
或从轻快的枣红马那里涌出[①]

她前行，仿佛并没有不乐意身上的重量。
草场接纳了我们，陶醉于看不见的百合。
短暂而多声的生命到处充盈。
我们在一个和弦里绕行了小湖。

而这里，我坐在事物所采纳的各种疯狂形状中。
蜂腰被长久侵蚀成了断层，
“三姐妹”嗥叫。“地狱之门”张大嘴哈欠。[②]
我正在凉爽的赫兹车内吃东西

阴影降临时。来到我车门前的
这发育不良、煤渣眼的生物，如同来到死神门前，对人类半是信任半是惧怕，蹒跚着——
天哪，一匹马。我奉献出我的苹果核

但她已经饿过头，她让它在沙里滚，
而我，我摇上窗，继续往前开。③
关于她和我之间这样的古老契约④
再也说不出更多的了。

---

① 纪念碑谷位于美国亚利桑那州、犹他州和新墨西哥州交界处，为印第安人纳瓦霍部落自治区，自然景色，尤其是黄昏时夕阳照耀在赭红色的粉砂岩上时的壮丽景观令人叹为观止。粉砂岩的色彩和形状似乎也联接了对于枣红马的回忆。

②“三姐妹”和“地狱之门”都是纪念碑谷内的景点。这三行描绘了纪念碑谷粉砂岩堆所呈现的奇形怪状。

③ 记忆中骑枣红（母）马的经历和当下遭遇濒死的马的对照，或许也是过去和当下的对照，亲近自然的生活（第二节里的“和弦”一词也意味着和谐）和疏离自然的生活（在车内享受凉意）之间的对照。

④ 所谓“古老契约”，订立在马和人之间，也订立在自然和人之间。讽刺的是，如今人却必须依赖豪华轿车。

在德克萨斯许愿井①

陌生人，往下看（叮当说），*而你*
*将会看到那个真爱你的面容。*②
那我来看。我的脸回望我
在硬冷钱币的底部升起——③

双眼中各自闪亮的分币，④
发间、齿间的银，到处是价码！
扔进我的硬币许愿：
让我爱自己到死。⑤

① 在西方传统里，泉或井具有某种神圣的意味。西方传说也把井描绘成可以满足愿望的神秘源泉（因为水是生命的源泉）。来到一个旅游景点，然后许愿，似乎是十分常见的景象。
② 斜体的部分应该是铭刻在许愿井上的词句。而“叮当”指的既是词句的简短铿锵，又是硬币丢进时的响声。
③ 很显然，那个“真爱你”的人竟然是自己的倒影，爱变成了自恋，一如拉康所说的镜中的虚幻自我。梅里尔对倒影的迷恋可与

《阿姆斯特丹》一诗的第一段比照。

④ 分币与眼睛的对应，一方面以形象上的重合呼应了第一节后两行的倒影景象，另一方面也呼应了下一行对肉身和金钱关系的思考。

⑤ 一个似是而非的许愿，或许是以反讽的方式暗示了自恋和金钱的隐秘关联。在这首诗里，神话传统呈现出与现实的尖锐矛盾。

京都。在离宫

被雨中石头的
柔软外观，湿湖，
被其中深处摇曳的
一丛常青树，所震撼，
我不愿感受
花园所要的一切
都发生。①
一部分我微笑，领略
石头在涕泪中
微笑，而
早霜的触摸下
另一部分我变得铁锈
红，脆弱，将被渡船
运过道路尽头②
而未耙过的沙
夜幕降临后许久
依旧残留暮色。③

① 这一句跨了很多行（下一句也是），对应了日本园林既一气呵成，又多元独立的格局。

②“我”分裂成了两部分，也可以说，身体离开了，情绪依旧存留。我的微笑与石头（在雨中）的微笑相应。

③ 同样，我不愿离去相应于庭院里的沙子不愿沉入夜色。

阿什伯利 [美国]

约翰·阿什伯利（John Ashbery），后现代主义的代表诗人，早先被归入纽约诗派，一般被视为二十世纪后期至今最重要的美国诗人，同时也是一位艺术评论家，目前是国家艺术与科学学院的院士。他迄今已出版了二十多部诗集，几乎囊括了美国所有重要的诗歌奖。

1927年7月28日，阿什伯利生于纽约州的罗切斯特，在安大略湖边的一个农场长大。少年时，他在男校迪尔费尔德学院就学时开始阅读奥登和迪兰·托马斯的诗，也开始练习诗歌写作。不过，阿什伯利最初想成为画家，十多岁时每周去罗切斯特的艺术博物馆上美术课。

1949 年，阿什伯利以优等生的成绩从哈佛大学本科毕业，毕业论文写的是奥登的诗。在哈佛期间，他与奥哈拉、勃莱、科赫等当代诗人多有交往。他先是在纽约大学短暂就学，随后在 1951 年获得了哥伦比亚大学的硕士学位。从五十年代中期到六十年代中期，阿什伯利居住在巴黎。这期间他的主要工作在于编辑艺术类杂志和撰写艺术批评。回到美国后，他主要从事的仍然是艺术批评的工作。七十年代后期，他成为《党派评论》的编辑。阿什伯利 1953 年出版了第一部诗集《图兰朵及其他诗》，他首次获得诗歌奖的则是诗集《一些树》，在 1956 年获得耶鲁青年诗人奖。这本诗集是奥登遴选在耶鲁大学现代诗人系列丛书中的，出版后引起了诗坛的论争。

在法国期间，阿什伯利创作了两本著名而富争议性的诗集：《网球场上的誓言》（1962）和《山河》（1966），许多批评家认为他的诗无法进入。回到纽约后，他又出版了诗集《春天的双重梦境》（1970）。1975 年，阿什伯利的诗集《凸面镜中的自画像》获得了美国三大诗歌奖项——普利策奖、国家图书奖、国家书评界奖，用作诗集标题的这首诗通常被认为是二十世纪后期美国诗歌最重要的作品之一。1960 年代初，阿什伯利与奥哈拉、科赫等具有先锋写作特质的诗人一起被归为“纽约诗派”，尽管阿什伯利本人怀疑这个诗派是否真正存在过。他诗歌的影响主要来自奥登、史蒂文斯、帕斯捷尔纳克和法国超现实主义。七十年代初开始，阿什伯利在布鲁克林学院担任教职，八十年代转任巴德学院的教授，直到 2008 年退休。1983 年他当选美国艺术与科学学院院士。2001 年到 2003 年，他成为纽约州的桂冠诗人，还担任过多年的美国诗人学院的院长。

从很早起，阿什伯利就被认为是一个具有惊人创造性的诗人，总是不断地进行形式创新，寻找突破性的表达方式。而他的每一本诗集，都强化了他作为美国最重要诗人的地位。他曾对约翰·凯奇的现代音乐产生极大兴趣。除了音乐之外，他的诗还受现代主义绘画影响极深。在纽约的文学剧场的诗朗诵上，阿什伯利结识了安迪·沃霍尔。1950 年代起，阿什伯利把德·库宁和波洛克绘画中的抽象表现主义挪用到诗歌创作中来。阿什伯利的诗风往往被批评者认为过于晦涩，几乎是“文字的抽象画”。就旅行诗而言，阿什伯利最重要的个人风格便在于描写某种失去行动的旅行，从一开始就已停滞的旅行，甚至旅程本身就是建构在主观想象基础上的旅行。

（杨晓滨　译注）

这些湖畔城

这些湖畔城从厌恶开始
生长成某种遗忘，虽然对历史愤怒。
它们是一个理念的产物；比如说，人是可怕的，
虽然这只是一例。①

它们出现了，直到一座塔
控制了天空，用手段浸入过去
回到天鹅和尖尖的树枝，
燃烧着，直到所有仇恨都转化成无用的爱。②

然后你就留下，和一个你自己的理念一起
还有午后升起的空虚感
必须归结于别人的窘迫
他们像灯塔飞过你

夜是一个哨兵
你大部分的时间被创造性的游戏占用

至今，但我们有一个全面计划给你。
比如我们曾经想送你到沙漠中央，

到狂暴的海里，也想过让他人的接近变成空气
给你，将你压回到一场惊厥的梦里，
好像海风轻轻问候一张孩子的脸。③
但过去已经在这里，而你在培育一些私人计划。

最坏的还没过去，可我知道
你在这儿会高兴的。因为你所处的
逻辑，没有任何气候能更聪明。④
一会儿温柔，一会儿随意，你看

你建起了一座什么山，
蓄意把你全部精力注入这座纪念碑，
它的风是欲望，粘硬一枚花瓣
它的失望喷成了泪水的虹。⑤

① 对阿什伯利来说，无论是实际或是虚拟的旅行都只关乎对所见的思考，但这种思考却更多是依赖感性和对理性的似是而非的处理。比如写湖畔城的理念来自“人是可怕的”，就不得不迫使读者思考人性、自然和现代文明建构的关系（而不是直接书写理性命题）。

②“控制了天空”的塔，象征着文明力量对自然的征服。但这种文明是以爱的面貌出现的，尽管是“无用的爱”。

③ 现代文明规划，也可以看作是一个“创造性的游戏”，但是这个“全面计划”有意思的部分从另一个角度而言也是无用的：送到沙漠或海里，既充满想象，又从内部颠覆了现代文明的实用性。而“海风轻轻问候一张孩子的脸”又安慰了之前的“狂暴”和“惊厥”感，增强了情绪的节奏起伏。

④ 把文明写成一种超级口语化的无奈，但仍然紧紧抓住“逻辑”这个理性的形式基础，反讽式地贬抑自然（气候）的能力。

⑤ 用“什么山”来刻意弱化“建起……山”的崇高感。而城市作为人类文明的“纪念碑”所获得的反馈或许更多的是欲望、失望和泪水这些感性的喷发。

风景里的形象

什么附加音，什么责任心
你带来这里？如鸟鸣般插在我们周围
一次持续降落。而身体
筑成了抵御。标志牌
不再可能当作真的。[1]

黄色雪佛莱驶向天空的蓝色区块
开走了。尾巴一转，它就消失了。[2]

穿过如此温吞的机械，
它一直走着，越来越有道理。
父亲等人将在那儿
在他们的木制首饰里，树下，[3]

因为不争吵洞穴的事情
是有道理的。你也许将看到我们跳舞
别人都无法辨认，直到你停下

在我们脚下，如矮树丛，在新的闪光里
一些旧的形象回来了。
如果没有这些，我们会冲回山林间。④

---

① 阿什伯利真正关注的显然不是风景本身，而是风景与人类的关系。因此，标志牌可以不当真，但人身却是坚强的抵御。

② 阿什伯利诗中常常出现现代文明元素与自然元素的对照，但不会是简单的对立。在这一节里，汽车与天空构成了色彩和意象的张力。

③ “有道理”一语在诗里总带有微妙的反讽意味，尤其是联系到下文中“木制首饰”、“洞穴”、“跳舞”等近乎原始的意象群组上，这个貌似理性的语汇在重复使用中形成了某种冲突感。

④ “旧的形象”似乎是本诗的重点，但确指什么仍然不清楚。可以肯定的是，这些形象是风景的精华，是它们担保了我们今天的文明生活（而不至于“冲回山林间”）。

未知的旅人们

被奋力拉向灰色灌木丛，

我爬到我脸上这块雪石。[①]

可是怎么，我的手杖，敲击雪崩

空气里充满慢慢掉落的石块[②]

深深吸入——抵达，

白色房间，一张桌子铺着

毛巾，冰壶——惧怕[③]

在椅子腿中间，清洁工，

紫灰，她开始直立在她椅子上。[④]

---

① 如本诗的标题所示，阿什伯利的诗本身也充满了“未知”——比如被谁“奋力拉”，如何可能爬到自己脸上……。诗中的旅行仍然更像是一次梦中或幻觉的旅行。

② 从上两行的被动转为后两行的积极行动，但仍然没有明确的目的地，而是“享受”着旅程的历险。换句话说，阿什伯利对旅行

的描写更像是对不可测的旅途的思考。

③ 第二节的场景转移到旅行终点或中途的室内，但灰白色和冰冷的色调对应了第一节。

④“她”直立在椅子上的场景同样对应了第一节的“我”的攀登，两者都或多或少陷入了某种险境。

大算盘

或许这个山谷也引入那颗远古的头。①

除了它的商业和虚弱容貌，还有什么能穿过草地的线绳?

它把一把椅子放在草地中间，然后远远走开。

人们夏天来访，他们不想那颗头。

士兵们前来看这颗头。那一截躲着他们。

老天说：“孩子们，我在这儿!”

那一截试图躲在嘈杂声里。树叶，快乐，飘过尘土的草地。

“我想看，”有人说那颗不再假装是城镇的头。

看！骇人的变化已经降临。耳朵掉落了——那是大笑的人们。②

皮肤也许是孩子们，他们说，“我们孩子”，近海边，模模糊糊。眼睛——

等等！多大的雨滴！眼睛——

等等！你看不到眼睛拍打在草地上，就像一条狗?

眼睛全都亮堂啊！现在河流来扫除剩下的我们。③

谁在一天的开始早就知道?

最好像彗星一样穿行，和别的一起，虽然看不到它们。

缰绳闪亮得那么远!“快，孩子们!”鸟飞回，说，“我们是在说假话，

我们不想飞走。”可是太晚了。孩子们已经消失。④

---

① 尽管我们不能确知那颗远古的头是什么，但它一定象征了某种逝去的、被弃置但又成为经典来膜拜的伟岸形象，成为某个开发的景点。下文中的“商业”和“虚弱”也可以看作是对这种象征物的精确描述。

② 当某种崇高的古老形象开始显示破败，没有人会同情，欢笑可能正是一种无情。

③ 把眼睛和雨滴相类比，颇为新颖，也描绘出超现实的景象。在英文里，下大雨也被说成“下成了猫狗”，但狗的意象本身仍然和眼睛产生了巨大的反差。

④ 自由的鸟仅仅说着谎言；而孩子们原本可以替代纪念碑式的古老头颅成为未来的象征，却也在本诗的结尾处消失。这是否也暗示了诗人对未来的幻灭?

山中答问

1

我进山，让自己惬意于

主人的精彩晚宴，疏远而端庄。①

狐狸们有无尽的光跟随。

有一天我会建起盒子的

墙，在其中展示所有的角度。

我将像球一样蹦跳。

正义的塔群在摇曳

以描绘我们描绘的各种角度。

啊我们已经这么远

用我们冰冷的方式来指导鸟儿。②

我听见靠近我的一个声音，

用心冲到了比赛线。

已经晚得不能晚了。

2

让我们升起我们心里的心。
让我们升起我们头颅里的树。
树的沉闷头颅。[③]
在渎神的手中目睹所有哨兵
是一种痛，
黎明时香喷喷的小呢帽，
癔症的夜晚，有空洞的手。
雪爬过；许多光年过去。

我们第一次见。
我们将第一次见。
我们已经第一次见。

雪爬过；许多光年过去。[④]

3

我不能同意或寻找
因我离别于钻石的笑声
我年轻岁月的主人。[⑤]

① 先是营造了一个貌似远离尘嚣的自然场景，但又用“疏远而端庄”暗示了某种非自然的情调。

② 再次暗示了人类控制自然的企图，即使在一个自造的封闭境遇里，也有着“文明”的冲动。

③ 这一段的起始两行似乎是对理想感性的呼唤，但接下来的第三行却又滑向某种否定性怀疑精神。

④ 无论是自然还是文明，都是似曾相识。只有时间逝者如斯。

⑤ 假如“年轻岁月的主人”指的是钻石，那么诗人已经与之告别。

沃尔科特［圣卢西亚］

德里克·沃尔科特（Derek Walcott），1930年生于西印度群岛圣卢西亚，父亲是画家和诗人，但三十一岁即早逝。沃尔科特学习绘画，后来写诗和搞戏剧，历代英语诗人对他影响最大。很早，英国诗人罗伯特·格雷夫斯就认为，沃尔科特“对英语的掌握，比大多数同代人都要更深刻地理解其内在魅力”。他十四岁即在报纸上发表第一首诗，十九岁自费出版第一本诗集《诗二十五首》。后来他在接受《巴黎评论》采访时回忆说：“我对母亲说，我想出版一本诗集，大概需要二百美元。她只是一个裁缝和教师，我记得她十分苦恼，因为她想出钱。她总算筹到了——对一个领取她这种工资的女人来说，这是一大笔钱。她把钱给我，我把钱寄到特立尼达，把诗集印了出来。诗集寄回来时，我向朋友们推销。我捞回了成本。”沃尔科特 1962 年出版第四本诗集《在绿夜：1948—1960 诗选》，为他赢得较大声誉，1967 年的戏剧《猴山之梦》亦赢得好评。1973 年的自传体长诗《另一种生命》是另一大成就，后来布罗茨基认识他，读到这部诗集，即大吃一惊。1979 年的诗集《星苹果王国》是他的一个高潮，使他获得广泛承认，同年获得英帝国勋章，1981 年获麦卡瑟基金“天才奖”，同年开始任教于波士顿大学。1988 年获英女王诗歌金奖。1990 年的史诗《奥梅罗斯》是他诗歌成就的顶峰。1992 年，沃尔科特因其作品“具有伟大的光彩、历史的视野，是献身多元文化的结果”而获诺贝尔文学奖，这是第一位加勒比海作家获诺贝尔文学奖。瑞典文学院还说，沃尔科特“忠于三样东西——他所生活的加勒比海、英语和他的非洲祖先”。这些评语都很能道出沃尔科特的诗歌特点。他在一首长诗《飞翔号纵帆船》里如此概括自己：

我只不过是一个喜欢大海的红种黑人，

我受过良好的殖民地教育，

我身上有荷兰、黑人和英国血统，

所以我要么不是任何人，要么是一个民族。

又说：

现在我没有民族，只有想象力。

当权力倾斜到黑人那边，他们

也像白人那样不要我了。

白人牵起我的双手道歉："历史"；

黑人则说我不够黑，不足以使他们骄傲。

这种身份的撕裂，恰恰圆满了他的艺术。不仅如此，在一个复杂多元和各种势力互相争夺的世界，他还幸运地如鱼得水。但这并不是"政治正确"或见风使舵的结果，而是相反，是忠于他所使用的语言也即英语带来的副产品。由于沃尔科特穿梭于多重血统、多种文化、多个地域，他的诗歌充满旅途感也就一点也不奇怪了。他很多好诗都是旅途之诗。

（黄灿然　译注）

世界之光

来点卡亚[1]，此刻要来点卡亚，
此刻要来点卡亚，
因为下雨了。
——鲍勃·马利[2]

当小巴播放马利的摇滚歌曲，
那美人悄悄地哼起叠句。
我可以看见光线在她脸颊上
游移并照出它的轮廓；如果这是一幅肖像
你会让强光部分留在最后，这些光
使她的黑皮肤变得柔滑；我会给她加一个耳环，
简单的，纯金的，以形成对比，但她
没戴任何首饰。我想象一股浓烈而香甜的味道
从她身上散发出来，仿佛散发自一只安静的黑豹，
而那个头就是一个盾徽。
当她望着我，然后又有礼貌地移开视线，
因为凝视陌生人是不礼貌的，

这时她就像一座雕像，像德拉克洛瓦③一幅黑色的
《自由领导人民》，她眼睛里
微鼓的眼白，雕刻似的乌木嘴巴，
身体结实的重要部位，一个女人的重要部位，
但就连这个也在黄昏里逐渐消失，
除了她轮廓的线条，和那凸显的脸颊，
而我暗想，美人啊，你是世界之光④！

我不止一次想到这个句子
当我在那辆十六座位的小巴上，它穿梭于
格罗斯岛⑤与市场之间，那市场在星期六买卖结束后
留下木炭似的粗砂和抛弃的蔬菜，
还有喧嚣的酒馆，在酒馆明亮的门外
你看见喝醉的女人在人行道上，结束她们的一周，
忘掉她们的一周，悲哀莫过于此。
市场在星期六晚上停止营业时
还记得煤气灯挂在街角柱子上的
晃荡的童年，以及小贩和人流
熟悉的喧闹，而点灯人爬上去
把灯盏挂在柱子上，接着又去爬另一根，

孩子们则把面孔转向灯盏的飞蛾，他们的眼睛
白如他们的睡衣；市场
在深陷的黑暗里关闭着，
一些影子在酒馆里为生计而争吵，
或为喧腾的酒馆里正式的争吵习惯
而争吵。我记得那些影子。

小巴在渐暗的车站等待乘客慢慢坐满。
我坐在前座，我不赶时间。
我看着两个女孩，一个穿黄色紧身胸衣
和黄色短裤，头发里别着一朵花，
在平静中渴望着，另一个不那么有趣。
那个黄昏我已走过了我生于斯长于斯的
这个镇的各条街道，想起我母亲，
想起她的白发被渐浓的薄暮染淡，
还有那些倾斜的盒形房屋，它们似乎
就靠挤得密密实实而撑住；我细看过那些
半开着百叶窗的客厅和黯淡的家具，
莫里斯安乐椅，摆着千金藤的大桌，
还有一幅平面印刷的《圣心基督》，

小贩仍在向空荡荡的街道兜售——
糖果、干果、黏巧克力、炸面圈、薄荷糖。

一个头巾上戴着一顶草帽的老妇
提着一个篓，一瘸一拐向我们走来；在别处，
在一段距离外，还有一个更沉重的篓，
她无法一起拿。她很慌张。
她对司机说："Pas quittez moi a terre，"
她讲的是土语，意思是"别把我搁在这里"，
用她的历史和她乡亲的历史说，就是：
"别把我留在土地上"，或换一下重音，就是：
"别把土地留给我（来继承）"；
"Pas quittez moi a terre，神圣的公车，
别把我留在土地上，我已经累坏了。"
小巴坐满了不会被留在土地上的
浓重的影子；不，这些影子会被留在
土地上，还会被辨认出来。
被抛弃是他们早就习以为常的事儿。

而我已抛弃了他们，我知道

在海一样无声的黄昏，男人们
佝偻在独木舟里，橙黄色灯光
从维基[6]海岬照来，黑船在水上，
而我坐在小巴里，我的影子
永远不能跟他们其中一个影子
凝固在一起，我已离开了他们的土地，
他们在泛白的酒馆里的争吵，他们的煤袋，
他们对士兵、对一切权威的憎恨。
我深深爱上窗边那个女人，
我多想今晚可以带她回家。
我多想她拥有我们在格罗斯岛海滩
那座小屋的钥匙；我多想见到她换上
一件光滑的白睡衣，它会像水一样倾泻
在她胸脯的黑岩上；多想
就这么躺在她身边，挨着有煤油灯芯的
黄铜灯盏的光圈，在寂静中告诉她
她的头发就像夜里一片山林，
她腋窝里有涓涓河流，告诉她
如果她要贝宁[7]我会买给她，
并且永不会把她留在土地上。还有其他人。

因为我感到一种会使我流泪的强烈的爱，
和一种荨麻般扎我的眼睛的怜悯，
我怕我会突然泣不成声
就在这辆播着马利的公车上；
一个小男孩透过司机和我的肩膀
细看前面的灯光，细看乡村黑暗中
疾驰而来的道路，小山上亮灯的房子，
和密集的星星；我抛弃了他们，
我把他们留在土地上，我把他们留下
唱马利悲伤的歌，这悲伤真实如干燥的
土地上雨水的味道，或湿沙的味道；
他们的友善，他们的体贴，以及
在小巴前灯照射下的礼貌告别

使小巴充满温暖。在喇叭声中，
在音乐的呜咽声中，他们的身体
散发强烈的香味。我多想这小巴
永远继续行驶，多想没人下车，
没人在灯光照耀下道晚安，

在萤火虫的引领下踏上弯曲的小路，
走向有灯的家门；我多想她的美
进入木制家具体贴的温暖里，
走向厨房那惬意的搪瓷盘的
格格响，走向院子里那棵树，
但我要下车了。在翡翠酒店门口。
休息室将挤满像我一样要转车的人。
接着我将走上沙滩，伴着碎浪。
我下了小巴，没有道晚安。
晚安会充满难以表达的爱。
他们坐在小巴里继续赶路，他们把我留在土地上。

接着，小巴走了几米，停下来。一个男人
从窗口呼唤我的名字。
我走向他。他拿出什么东西。
是一包从我口袋里掉出来的香烟。
他递给我。我转身，藏起眼泪。
他们什么也不要，我什么也不能给他们
除了我所称的这“世界之光”。⑧

① 卡亚（kaya），指优质大麻。

② 鲍勃·马利（1945—1981），牙买加歌手和词作家。

③ 德拉克洛瓦（1798—1863），法国画家。

④ 世界之光，可能源自《新约》，耶稣曾对门徒们说："我在这个世界上，我就是世界之光。"在另一处又对他们说："你们是世界之光，如同山顶上一座城市，不会被遮掩。"

⑤ 格罗斯岛，圣卢西亚地名，在沃尔科特家乡卡斯特里斯附近。

⑥ 维基，位于卡斯特里斯。

⑦ 贝宁，非洲国家。

⑧ 一位在大世界闯出名堂的诗人回到故乡，每一位乡亲都触动起他深深的爱和悲悯，而爱和悲悯正是诗歌灵感的最坚实的土地。沃尔科特的诗歌有炫技的成分，那是他在大世界闯名堂的必要之恶，而这首感人肺腑、把叙事与抒情共冶一炉的杰作，乃是诗人回到诗歌的淳朴土地的写照。

至 此

我以水为生，
独自一人。没有妻子和孩子 。
我竭尽一切可能
要达到这点：

阴沉的水边一所低矮的房子，
窗户永远敞开着，朝向
呆滞的大海。我们没有选择这类事情，

但我们是我们所造成的。①
我们受苦，岁月流逝，
我们摆脱负担，但摆脱不了

对家庭拖累的需要。②爱情是一块石头
固定在海底，
在阴沉的水下。现在，我对诗歌

已无所求，但求真实的感觉，
不要怜悯，不要名声，不要治疗。沉默的妻子，
我们可以坐下来凝望大海，

并且让这辈子淹没在
碌碌无为和琐碎小事之中，
活得像块岩石。③

我将忘掉感觉，
忘掉我的才能。这要比那
被看做生命的东西更伟大，也更艰难。④

---

① 这句诗看似简单，但含意深刻。不妨参考丁尼生诗句：“我是我全部遭遇的一部分。”

② 这句诗是所谓的“悖论”：摆脱负担是指一般性的摆脱，但是在具体上或在某些方面，又对负担有“需要”，譬如说家庭也是一种负担，但我们又需要家庭。于是乎，一个原本想自由和无拘束地生活的人，到头来却想有一个妻子，过平凡甚至碌碌无为的生活。顺便一提，诗的标题亦可译为《到头来》。

③ 叙述者可能是诗人自己，也可能不是。以上两节诗，是说在大

世界闯荡久了，在技艺中炫耀久了，野心淡了，想返璞归真。

④ 忘掉才能，要比生命更伟大，反过来说，生命伟大，才能也许也伟大，但忘掉才能，忘掉感觉，忘掉自我，非常困难，反而比生命更伟大。

爱完又爱[1]

爱完又爱

有朝一日
你将怀着振奋的心情
欢迎你自己来到
你自己的门前，来到你自己的镜中，
彼此向对方热情微笑，

并且说，坐呀。吃东西。
你将会再次爱上这个原是你自己的陌生人。
给酒，给面包。给你的心
返回它自己，返回那个在你的一生中

爱你的人那里，这陌生人被你忽视，
只因你看上另一个，而默默记挂你。[2]
取下书架上的情书、

照片、绝望的笔记，[3]

剥掉你自己在镜中的外形。

坐下。享受你生命的盛宴。[4]

---

① 又可译成《爱之后的爱》。

② 可能是爱上另一个人，譬如说女人，相对于本真的我而言；也可能爱上野心、事业，也相对于本真的我而言。

③ 表明可能是爱上一个女人。

④ 抛弃无论是对女人还是对事业的爱，来爱另一个，那个本真的我，学会享受丰富的生命，而不仅仅是被一两个念头或一场爱情所限制、约束和囚禁。

仲夏，多巴哥[①]

布满太阳石的宽阔海滩。

白色的热。
一条绿色的河。

一座桥，
一株株从夏眠的房子望出去的

在整个八月里打盹的
烤焦的黄色棕榈树。

我拥有的日子，
我失去的日子，

像女儿那样，从我这庇护的双臂里
远走高飞的日子。[②]

① 多巴哥，沃尔科特的祖国，全称叫做特立尼达和多巴哥。

② 这里当然是一个妙喻，但整首诗的魅力在于错落有致的节奏。先是一行一节，然后是两行一节，每行一个句号。接着是两节一句。再接着是两节用排比构成的强烈快速的一句。

星

如果你真的在事物的光中
失去光泽，却又微弱地隐至
我们坚定而又适当的
远方，像月亮
留在叶子中间，但愿
你无形地取悦这座房子；
噢星，加倍地富于同情，黄昏
没来就出现，曙光
未至就消失，但愿你微暗的火焰
引导我们身上的
最坏的部分
穿过混沌
带来大白天的
激情。①

① 整首诗，节奏深沉，跨行用得很有分寸。但我们怎么也想不到结尾会是这样，太神奇了，突如其来要星光引导我们之中最坏的部分。但想想，星光所代表的大自然、神秘、宇宙深处，确实会引导任何人，包括最坏的人净化自己。

布罗茨基［美国］

约瑟夫·布罗茨基（Joseph Brodsky），1940 年 5 月 24 日出生于列宁格勒。列宁格勒这个地名，既不同于此前的彼得堡、彼得格勒，也不同于之后的圣彼得堡。政治地理学或能对此做出权威性的解释。

不少读者听说过布罗茨基，可能和他 1987 年获得诺贝尔文学奖有关。他当时只有四十七岁，是一个年轻的获奖者。但是对我来说，他岂止是一个极具魅力的诗人？

三十二岁之前，布罗茨基非常不幸。刚出生就赶上列宁格勒之围，当时饿死、炸死了那么多人，布罗茨基却活了下来，和妈妈一起疏散到切列波维茨（Cherepovets），这可能是他的第一次旅行。

在学校混了几年后，布罗茨基天真地想子承父业当海军，却因为自己是犹太人而告吹。十五岁，他到兵工厂干活，以后又在太平间、锅炉房干过。

1957年，布罗茨基在地质勘探队工作。一次发大水，运载器材的木筏漂到黑龙江右岸。他后来回忆："我就在中国待了一会儿。"这是布罗茨基唯一的一次中国行。

十八岁的时候，布罗茨基开始写诗，因为"虚荣心和非虚荣心"。布罗茨基一直喜欢旅行，先后去过立陶宛、亚美尼亚、雅尔塔……他写过一首诗，就叫《向雅尔塔致敬》。

布罗茨基才华横溢，然而使他广为人知的却是1964年的"审判"：谁把你列为诗人了？布罗茨基回答：又是谁把我列为人类了？阿赫玛托娃感慨地说，你看他们给这个红头发的小伙子制造了一份怎样的传记啊。随后，布罗茨基坐牢、流放，不幸不断升级……

布罗茨基一生有两个"贵人"，一个是阿赫玛托娃，一个是奥登。从 1961 年初识到 1966 年阿氏逝世，布罗茨基常去拜会她，正是她给布罗茨基以某种深刻的文化熏陶。奥登则对布罗茨基有提携之功。出第一本英文诗集的时候，出版商问他，你想让谁给你写序？他脱口而出：奥登。没想到奥登答应了。1972 年 6 月 4 日，布罗茨基被驱逐出境。他先到维也纳拜见奥登，然后就被奥登带到伦敦，结识了斯彭德、洛厄尔、希尼和以塞亚·伯林……

1972 年，布罗茨基定居美国，但他经常旅行。他不喜欢从这儿跑到那儿，匆匆忙忙的，而是喜欢在一个地方待一阵子。在美国，他开始住在安阿伯（Ann Arbor），1977 年之后住在纽约，并加入了美国国籍。他时常去伦敦、巴黎、阿姆斯特丹、罗马……他不是一走一过的，而是真正地住下来，并在当地拥有自己的生活圈子。

除了两次生病，布罗茨基每年冬天都去威尼斯过年。布罗茨基酷爱这座水城，为它写过不少诗，如《威尼斯诗章》，他个人最喜欢的《潟湖》，还有短一些的《威尼斯：丽都岛》。布罗茨基也写过意大利的其他地方，如《圣庞加爵门》、《罗马哀歌》、《佛罗伦萨的十二月》。不过，威尼斯夏天比较炎热，布罗茨基开玩笑地说，这时候，你就是拿枪顶着我，我也不来。1988 年之后，他每年夏天都去瑞典，可能因为那里更凉爽吧。

按照中国人的传统说法，布罗茨基的一生几乎都是“走星照命”，意思就是说他难得停下来，而是不断地走在路上，无论逼迫的旅行，被动的旅行，还是主动的旅行……

1996 年 1 月 27 日到 28 日之间，布罗茨基在纽约的书房猝然去世。当时，他躺在地板上，鼻子上架着眼镜，脸上挂着笑容。

1997 年 6 月 21 日，布罗茨基的灵柩迁往威尼斯的圣米歇尔墓地。他生前说过：“……威尼斯就很像我的故乡城。但是，它又完全不似我的故乡城，这完全是另一部歌剧。”

（桑　克　译注）

在湖区[①]

那些日子里，在一个牙科医生云集的
（他们的女儿从伦敦订购时装；
他们彩绘的钳子在招牌顶端夹着
一个普通而抽象的智慧之齿）
地方，我——口腔中的废墟胜过
任何一处巴特农神殿[②]——一个间谍，从
那正在腐烂的文化的第五纵队[③]而来的先锋
（我的头衔是文学教授），
正住在最负盛名的淡水湖泊
附近的一所学院[④]里，任职的
作用仅为耗磨掉
当地纯真青年的耐心。

那时我的写作从来有头无尾：
我的诗行结束在一串省略号上。颓丧地
我和衣倒在床上。[⑤]
夜间，我盯着

暗淡的天花板
直至发现一颗流星，当时它
依照自燃的法则
会猛烈闪亮——不等我许个愿望——
划过我的面颊，沉落我的枕上。

（常 晖 译）

---

① 指美国北部的伊利湖地区。诗后面写到的“最负盛名的淡水湖泊”指的就是伊利湖。布罗茨基当时住在这个地区的安阿伯，这首诗也是在这个地方写的。

② 位于希腊雅典老城区的卫城中心，建于公元前447—438年，供奉雅典娜女神。如今庙顶坍塌，雕像无存，只余柱廊显示历史的余音。

③ 指隐藏在我方的敌方间谍。典故出在：西班牙内战时期，佛朗哥的将领莫拉派四个纵队进攻马德里，他说他还有一支纵队潜伏在城里做内应，这就是“第五纵队”。

④ 指密歇根大学。布罗茨基1972年到这里的斯拉夫语言文学系教授俄语诗歌，年薪1.2万美元。他在诗里幽默而沉重地称此时的自己为“间谍”和“先锋”。

⑤ 布罗茨基描绘刚到美国的生活状态，有高兴的一面，如前面，译者将“智齿”译成“智慧之齿”，显示幽默的双关性，但也有落寞的一面——在11月的安阿伯，布罗茨基“颓丧”地“和衣倒在床上”。

石头村[1]

英格兰的石头村。
酒馆窗内那瓶中的教堂。
牛群疏散在田间。
国王们的墓碑。[2]

一个男人，穿着虫蛀的衣服，
目送一列火车，[3] 走向，如这里的一切，海中。
冲着他女儿微笑，她奔向东方。
汽笛嘶鸣。

瓦上无垠的苍穹
随鸟鸣四溢越发湛蓝。
而歌声愈清脆，
鸟儿愈细微。[4]

（常 晖 译）

① 这是布罗茨基为狄安娜和爱伦·迈亚斯写的组诗《在英格兰》的第7首，也是最后一首。这是布罗茨基该组诗中篇幅最短的诗。石头村不是一个具体村名，而是泛指散布在英国各地以石头建造的传统村落。

② 历史与现实，古老与现代，彼此交融在乡村风景之中。

③ 爱伦·迈亚斯说，这首诗通常被描述为具有拉金风格，而具有讽刺意味的是布罗茨基对拉金本人却没有什么“伟大的意见”。所谓的“拉金风格”可能就体现在这一行诗句之中，因为身穿虫蛀衣服的男人望着一列火车的情景，确实有点儿老贵族的意思。

④ 这4句写得极美，精确之中蕴藉着回味。这是布罗茨基此前两度造访英国的硕果。

圣庞加爵门[①]

蜜蜂没有嗡嗡飞走，骑手[②]也没有
奔驰。在贾尼科洛[③]的酒吧里，老手享受着少不更事的
日子，冰块儿融化了，冷却生病的发动机
并为抿了两口出名的水而示感激。

八年匆匆跑过。战火点起而后慢慢燃烧，
家庭破碎，泡沫裸露衰老的牙齿；
飞机从空中坠落而收音机咕哝着“耶稣”
亚麻布一直洗着，[④]但表皮的皱纹

不会顺从最温柔的掌心。太阳高悬于冬天之上
罗马正在推搡夹杂着裸露光线的紫烟。烧焦树叶的
煤渣臭味儿，还有喷泉闪烁着仿佛一枚震颤的
在中午渴望一门大炮漫无目标齐射的勋章。[⑤]

石头受雇于世界而保持记忆无法逃脱。
出现仍旧强于消逝，在一幅笔直穿过

岁月的耗尽之城的远景之中，并且越来越远离
追求纯净的时光，没有爱与未来。

亲爱的，没有我们的生活，可以想象。[6] 它存在犹如
蜜蜂，骑手，酒吧，常客，圆柱，景色，
还有在每一尊矗立的雕像获得胜利的战场之上，
与其体形一起，在触及你的机会之上的，云朵。

（桑　克　译）

---

① 圣庞加爵门是位于意大利罗马市贾尼科洛区的一座城门。1989 年 1 月，布罗茨基再度成为罗马美国学院的驻校作家，这首诗写于当月的 18 日，月末他才返回纽约。

② 骑手是指加里波第骑在马上的雕像。1849 年，加里波第率领罗马军队与来犯的法军激战。尽管敌军数量远超于己，但他仍旧顽强抵抗达数周之久。

③ 此处的贾尼科洛既指同名的小山，也指著名的贾尼科洛酒店，它的顶楼露台提供酒吧服务，坐在这里可以欣赏梵蒂冈以及圣彼得教堂的景色。

④ 据说，围裹耶稣已逝身体的东西就是亚麻布。在这里，布罗茨

基有意地将宗教历史与世俗生活交织在一起，双关意味浓郁。

⑤ 一尊每天中午都会开火的大炮，是罗马著名的风景点。

⑥ 我们都是过客，来过之后，早晚都会走掉，而以后的生活其实并无新意，是完全可以想象的。布罗茨基告诉读者，只有余留的这些景物似乎永存。

威尼斯：丽都岛[1]

一艘生锈的罗马尼亚油轮，在蔚蓝之中翻滚
好像一只与愉快的叹息一起丢弃的烂鞋。[2]

船员，脱下他们的裤子——好色鬼和手淫者——
现在他们冲着南方，在铁锚边晒着自己，

他们的口袋之中没有一枚硬币去那城里，
它非常类似一张遥远而美丽的

固定落日的明信片；在水上，是成片的
云，流汗的腋窝的气味，懒散的弹拨的吉他。

噢，地中海！在你的空洞之后，一个谦卑的
肢体渴望着一座迷宫，一个地形的乱团！

一层骆驼般的上层建筑，在它腐烂的基础上，
通过望远镜查看着公共散步场所的绿洲。[3]

虽然，只是由于刺骨之沙，所有的文身褪色，
但是针的眼睛能被真正地穿越

而至某张白桌之上的陆地，与本地汤汁一个
黑黝黝的宝贝一起，在一幅花环的下面，

聆听着犹如撑宽的手掌，在洗澡间的旗子上，
摸得肮脏的钞票，预先的付款沙沙作响。④

（桑 克 译）

---

① 丽都岛是一座呈南北走向的长条形的岛屿，距离威尼斯本岛不远，是意大利著名的度假胜地，每年夏季都会在这里举办威尼斯国际电影节。拜伦《恰尔德·哈洛尔德游记》的第4章据说也是写于此岛。

② 轮船好像烂鞋，海浪好像愉快的叹息，两组比喻交织在一起，复杂而又清晰。

③ 前面5节写的是海洋景色，从这节开始，丽都岛成为布罗茨基描绘的中心。

④ 布罗茨基写过不少关于威尼斯的诗，其中包括献给苏珊·桑塔格的一首（因篇幅略长而没有选用）。在这首诗里，布罗茨基勾勒的威尼斯形象似乎与我们想象的并不一样：赞美与批评相互争夺，而与人有关的后者似乎占着上风。

布鲁斯

我在曼哈顿过了十八年。[①]
房东是好的，但他变坏了。
其实就是，一个小人。这个男人，我恨他。
钱是绿的，但它流着如血。[②]

我猜我已经穿过这条河流。
新泽西召唤着它硫黄色的光辉。[③]
说，这么多年只是一种小罪恶。
钱是绿的，但它没有成长。

我会带走我的家具，我的老沙发。
但我应该与我的窗景一起做什么？
我觉得我好像已和它，或者某个东西结婚。
钱是绿的，但它使你变蓝。[④]

总体而言身体知道它正去哪里。
我猜它是一个在做祈祷的灵魂，

即使恰在一架波音上面。

钱是绿的，而我是灰的。⑤

（桑 克 译）

---

① 布罗茨基说他在曼哈顿住了 18 年，是从 1974 年他到纽约皇后学院教授俄语诗歌的时候算起的。而实际上，在此期间，他在密歇根大学的教书生涯也一直延续到 1980 年。而且他还四处旅行，演讲，朗诵，出席各种各样的活动。

② 从“清算”自己的房东开始，布罗茨基在这首诗中，不断强化并反思“钱”这一现代社会的主题，看看它对生活和人的影响究竟是怎么发生的。

③ 一边是风景，是个人生活，一边是对钱的思考。值得注意的是这里对河流颜色的描写。一是出于自身的需要，二是与钱的颜色形成呼应。

④ 钱使人变蓝。蓝，这个单词的含义，同时也是“布鲁斯”——某种黑人音乐形式，是“忧郁”——某种消极情绪。而之前，与窗景结婚的说法，既幽默又无奈。

⑤ 钱的本色从来没有变过，而“我”却从本来的颜色变成了蓝色，最后又变成了灰色。这是生命的颜色，还是由于钱的影响而改变的颜色呢？之前说在波音飞机上面，恰恰说明一切都在路上，“身体知道它正去哪里”。

扎加耶夫斯基［波兰］

亚当·扎加耶夫斯基（Adam Zagajewski），波兰当代著名诗人，1945 年生于利沃夫，该市在他出生后不久成为苏联乌克兰的一部分。他那在美丽的利沃夫居住了数百年的家族，被迫返回丑陋的波兰城市格利维采，而格利维采曾是一个讲德语的城市。扎加耶夫斯基这个出生即被驱逐的印记，是雅尔塔会议的结果，他恰巧就出生在雅尔塔会议召开那年。青年时代他前往克拉科夫求学，在那里参与团结工会的抗争。他是波兰“六八年一代”或“新浪潮”代表性诗人之一。1982年流亡法国，后来任教于美国休斯敦大学；现在克拉科夫和芝加哥交替居住。他在七十年代初开始写诗，是所谓的抗议诗或愤怒诗。八十年代开始，随着他移居外国，他的诗风亦大变，转向抒情和个人化，对日常生活和形而上学予以同等关注，政治性退隐为背景，更多时候被历史取代。个人的孤独与世界的丰富成为他诗歌的主旋律。他非常关注细节，但细节又总是在较广阔和恢宏的背景中呈现。扎加耶夫斯基从1972年起，迄今已以波兰文出版十本诗集，并有五个英译本，其中关键性的一本是1997年的《神秘主义入门》，这本诗集境界广阔，城市意象与山水意象交融，可以看出诗人对世界和大自然都怀着一种宽厚的爱。也许是由于本身长期侨居外国，扎加耶夫斯基的诗歌总给人一种不断处于流动中的感觉，一首首诗如同一幅幅流动的风景。他曾说：“当你离开这里去那里，你便能够使自己与你所熟悉的事物保持距离，也因此你能够更好地欣赏它们。”他还是一位在诗中充分展示他对音乐、绘画和哲学浓厚兴趣的诗人，频频在诗中向音乐家、画家和哲学家致敬，其诗歌本身亦充满音乐感、画面感和对生命的深度探询。“9·11”恐怖袭击之后，《纽约客》在其通常发表讽刺漫画的底页刊登扎加耶夫斯基的杰作《尝试赞美这个残缺的世界》。那正是美国人被震惊得不知如何形容的时候，此诗立即广为流传，扎加耶夫斯基因此“一夜成名”。2002年的英译本《没有终结：新诗和诗选》是他最重要的诗选，佳作纷呈。至此，扎加耶夫斯基奠定了他作为一位广受英语世界读者欢迎的重要欧洲诗人的地位。扎加耶夫斯基还是一位出色的散文家。他不仅穿梭于欧美各地，而且其成熟期的诗歌很多都是对旅途风景的描写，流动感极强，与其微妙而优美的音乐融于一体。扎加耶夫斯基认为：“写诗可以是某种现代又来自过去的东西，因为诗歌是处于不断演变中的。我个人追求新鲜性，而厌恶学院诗歌的修辞学。抒情诗应该是活生生的，来自当下，尽管它可以把我们带回一种文化上的过去，这过去从另一方面来说又是不可避免的。”又说：“在诗歌中，我们有喻隐和明喻而不是大理石。废墟常常被用来建造新城市。语言如同太阳，可以给人类带来温暖，而诗歌以一些小姿态帮助重建生命。”他认为：“世界的魅力是诗人的义务。当我们停止命名世界，世界便断绝与我们的联系，于是我们就只剩下空洞的修辞，空洞的声音。幽默感必须与米沃什所维护的快乐感糅合起来。一首伟大的诗是一个生活榜样，影响我们的经验，尽管是以微妙的方式。”但谈到神秘主义的基础时，他反而强调必须“清醒、明智、有教养、尽可能依靠可触摸的现实”。他说：“要牢记写作这个行为是某种更大的整体的一部分。要捍卫精神经验的价值，而如果有人告诉你这是一个老土的观念，你应安详地大笑。别相信那些宣扬绝对好玩性的后现代宗教的祭师们。”

（黄灿然　译注）

神秘主义入门

天气很暖和，光很充沛。
咖啡馆露台上那德国人
膝上搁着一本小书。
我瞥见那书名：
《神秘主义入门》。
突然间我明白了，那些
打着尖利的唿哨在蒙特普尔恰诺[①]
街道上巡逻的燕子，
和来自东欧、也就是所谓中欧的
怯生生的游客的低声谈话，
和站在稻田里的——昨天？前天？——
修女般的白鹭，
和擦去中世纪房子的轮廓的
缓慢而有系统的黄昏，
和任由风吹日晒的
小山丘上的橄榄树，
和我在卢浮宫细看和赞叹的

《无名公主》的头，[2]

和闪烁着花粉的蝴蝶翅膀般的

彩绘玻璃窗，

和在公路旁练习演说的

小夜莺，

和任何旅行、任何一种观光，

都只是神秘主义入门，

是基础课，是一场

延期的考试的

前奏。[3]

---

① 蒙特普尔恰诺，意大利城市。

②《无名公主》，应是指弗朗切斯科·劳拉纳（1430—1502，亦称为弗拉纳）的作品。

③ 所谓神秘主义入门，除了像中欧游客出来旅行，好像揭开外部世界的面纱，以及像《无名公主》的神秘身份有待揭开之外，诗人所列的一切事物，也都是神秘主义入门。因为只要我们真正对世界上任何事物予以注意和深究，背后无不是一个未知或神秘的世界。我们现在所见，都只是那个神秘世界的基础课而已，考试即是某个考验期，当你过了某个关口，你便有可能进入神秘主义

领域。当然，你也许不觉得这世界的事物有任何神秘之处，而作者说，你的考试还未到呢。现在只是前奏。值得注意的是，从第 6 行开始，22 行诗构成一长句，一气呵成，是这首诗最大的魅力。

弗美尔[1]的小女孩

弗美尔的小女孩，如今很出名，
她望着我。一颗珍珠望着我。[2]
弗美尔的小女孩的双唇
是红的、湿的、亮的。

啊弗美尔的小女孩，啊珍珠，
蓝头巾：你全都是光[3]
而我是影做的。
光瞧不起影，
带着容忍，也许是怜悯。[4]

---

① 弗美尔（1632—1675），荷兰画家。生前有点名气，但死后被遗忘，直到 19 世纪才被重新发掘出来。这有点像德国音乐家巴赫。

② 指弗美尔的名作《戴珍珠耳环的女孩》。

③ 蓝头巾，珍珠耳环，还有那目光，构成这幅画的全部魅力——或者说，全部光。

④ 艺术的光辉令人自惭形秽。

三个天使

三个天使突然出现
在这里，在圣乔治街这家面包店旁。
不是又来做人口普查吧，
一个疲倦的男人叹息道。
不是的，第一个天使耐心地说，
我们只是想看看
你们的生活怎样了，
日子的滋味如何，以及为什么
你们夜里总是充满不安和恐惧。

没错，恐惧，一位可爱、眼睛像做梦的
女人回答；但我知道为什么。
人类的脑力撑不住了。
他们寻求他们找不到的
帮助和支持。长官，请看一看
——她把天使叫做“长官”！——
维特根斯坦[1]吧。我们的哲人

和领袖都是忧郁的疯子，
他们知道的甚至比我们
普通人还少（但她可
不普通）。

　　　还有呢，一个正在学
小提琴的少年说，晚上
都只是一个空纸盒，
一个没有神秘的棺材，
而在黎明时，宇宙看上去
像电视屏幕般枯燥和陌生。
此外，那些爱音乐本身的人
少之又少。

其他人纷纷发言，悲叹声
汹涌而来，膨胀成愤怒的奏鸣曲。
如果先生你们想知道真相，
一个高个子学生喊道——他刚
失去母亲——我们已受够了
死亡和残忍、迫害、疾病，

毒蛇的眼睛般呆滞的
长久的沉闷。我们土地太少，
火太多。我们不知道我们是谁。
我们迷失在森林里，黑色的星星
在我们头顶上懒惰地移动，仿佛
它们只是我们的梦。

但是，第二个天使依然腼腆地应付道，
总有一点快乐，美的事物甚至
近在手边，在每个时辰的
吠叫声下，在专注安静的心中，
还有，我们每个人身上都隐藏另一个人——
普遍，强大，不屈不挠。
野玫瑰有时会散发
童年的味道，而在假日，少女们
一如往常走到户外散步，
她们绕围巾的样子
带有某种永恒的含义。
记忆活在海洋里，在奔腾的血中，
在黑色、燃烧的石头里，在诗中，

在每一次安静的谈话中。
世界跟原来一样，
充满阴影和期待。

他原可以继续这样说下去，但是人群
愈变愈大，无声的
愤怒浪潮扩散
直到使者们终于轻轻飘起，
升入空中，他们逐渐远去时
继续小声重复：愿你们平静，
愿生者、死者、未出生者平静。
唯独第三个天使一言不发，
因为他是长久沉默的天使。②

---

① 维特根斯坦（1889—1951），奥地利哲学家。

② 所有人的抱怨都那么真实也都那么陈套，而两位天使的安慰尽管充满诗意和冠冕堂皇，但也难以抚慰——而难以抚慰也是面对这种场面的一种陈套了。所有抱怨、诉苦和安慰，也都已变成人间苦难的大合唱的饰音了。那长久沉默的天使是全诗最有诗意和

最神秘的，代表着诗人所了解或假设的更高的存在对芸芸众生的态度。他是全知道了，全看到了，也许他最痛苦，也最接纳。沉默是一切的总和。沉默也许是真正的救赎之道。但也许，他知道人是无药可救的，包括人们难以接受任何劝说！

维琴察[1]的早晨

——纪念约瑟夫·布罗茨基和克日什托夫·基耶斯洛夫斯基[2]

太阳这么纤弱，这么幼嫩，
我们都有点害怕；一个不小心的动作
也有可能抓破它，仅仅喊一声——如果有谁
试着喊——也可能伤及它；只有疾飞的雨燕，
翅膀硬如铸铁，
敢于纵情歌唱，因为它们刚在泥巢里
度过短暂、不安的童年，
与兄弟姐妹，娇小、疯狂的星球们一起，[3]
黑如森林的浆果。

小餐馆里困倦的侍者——黑夜最后的影子
在他双眼下会合——往大衣袋里
掏着零钱，咖啡散发庄严的油墨味，
甜味和阿拉伯味。天空的湛蓝
应允着一个漫长的下午，一个无尽的白昼。

我仿佛第一次看见你们。
就连这座帕拉第奥建筑[4]的圆柱也似乎
是新生的，它们从黎明的潮水中升起，
像维纳斯，你们年长的同伴。

从乱涂乱抹中开始，[5]计算损失，计算死者，
开始新的一天而没有你们，首先是你，[6]
我们葬你两次，哀悼你两次，
你活了两次且跟别人一样强，在两个大陆，
用两种语言，在现实世界和想象世界——然后是你，[7]
有着清秀端正的面容，那目光放大了
各种物体和心灵（永远太小）。
你们两个都走了，从现在起我们将过一种双重生活，
同时在光里和影里，在明亮的阳光
和石头般的厅堂的冰冷里，在悲伤中和欢乐中。[8]

---

① 维琴察，意大利城镇。

② 基耶斯洛夫斯基（1941—1996），著名波兰导演。

③ 这里呼应太阳的纤弱、幼嫩。

④ 维琴察以帕拉第奥新古典风格建筑闻名。

⑤ 从乱涂乱抹中开始，又可意译为从零开始，但考虑到此处与写作有关，故采用直译。

⑥ 这里和接下去三行指布罗茨基。布罗茨基逝世于纽约，后来遗体迁往威尼斯，故有葬你两次之说。布罗茨基被苏联驱逐出境，后来成为美国公民，且用俄语和英语写作，故有活了两次之说。

⑦ 这里指基耶斯洛夫斯基。

⑧ 读者可注意这首诗逐渐铺开，先说一些看似无关重要的细节，作为衬托，然后到最后才提到两人，并引发强烈的抒情，如同交响曲。

卡西斯[1]的日出

在半暗中白色建筑群耸立，还未完全
成形，而建筑群旁，那灰沉沉的葡萄园，那黎明前的宁静；
犹大算着银币，但在猛烈祈祷中
扭弯的橄榄树比任何时候都更深入大地。[2]
太阳在哪里！现在依然寒冷，
一片谦卑的风景在我们周围铺展；
星星已离去，牧师们睡得正沉，鸟儿在八月
不许歌唱，偶尔才有一只
结结巴巴，像中学拉丁课上不用功的男生。
现在是凌晨四点，绝望住在如此多的房子里。
这时候脸孔狭长的忧伤哲学家
正雕琢他们陈旧的格言，而疲乏的指挥家，
他们昨晚刚使布鲁克纳和马勒[3]复活，
此刻无人鼓掌地、不大情愿地迷糊入睡，而妓女们
回到她们寒酸的公寓里。
我们恳求葡萄园

被赋予生命，它们灰沉沉，像涂上一层火山灰；
恳求远方那些大城市从冷漠中苏醒，
而我恳求别误将自由等同于混乱，
恳求重获那样一种信仰，它连接
可见和不可见的事物，但不钝化心灵。
在我们下面大海变蓝，地平线的轮廓
逐渐清晰，像一条细长的带子
深情而牢牢地环抱我们这转动中的星球，
我们看见渔船可靠地摇晃，像海鸥④
在深蓝色的水面上，而不一会儿
太阳深红色的圆盘从围成半圈的群山里浮现，
归还光的礼物。⑤

---

① 卡西斯是法国著名度假胜地。

② 犹大为了少量银子而出卖耶稣。把橄榄树在风中猛烈摇晃形容为猛烈祈祷，是非常美丽的意象。橄榄树的祈祷与犹大的自私和背叛，构成对比。

③ 安东·布鲁克纳（1824—1896），奥地利作曲家，以其深沉磅礴的交响曲闻名，但生前其成就未被承认，只有少数追随者，包括他的学生马勒。古斯塔夫·马勒（1860—1911），奥地利作曲

家，其音乐上承浪漫主义，下启现代主义。

④ 渔船可靠地摇晃，是另一个美丽的意象。

⑤ 这首写日出的诗，也是像《维琴察的早晨》一样，先做漫长的铺排，然后才进入主题，描写日出。这是一首令人印象深刻的日出诗，也是扎加耶夫斯基的杰作之一。

佛雪［美国］

卡罗琳·佛雪（Carolyn Forché），1950年出生于密歇根州底特律市一个天主教捷克移民家庭，毕业于密歇根州立大学，并于肯特基州获得文学创作硕士。她的写作有着东欧诗歌的传统，尤其是在拉丁美洲、欧洲、非洲等地的旅行使她开阔了眼界，对诗歌和历史有一种自觉的承担，但诗艺一直是她最重视的一部分。目前为大学诗歌中心主任。

卡罗琳以“诗为见证”享誉欧美。她以一种特殊的“介入”方式见证了拉丁美洲与欧洲的动乱，但却不是“政治诗人”。见证诗人与政治诗人区别在于：亲历当下的国际政治文化，记录见证，但尽力不从意识形态方面来作价值判断。

卡罗琳九岁开始写诗，中学时期写格律诗，直到十四岁那年第一次读到现代派诗人卡明斯的作品，感觉很新奇，后来又读到威廉斯的诗，于是写起自由体。二十六岁时以第一本诗集《部落聚集》(1976)获得耶鲁大学“青年诗人奖”。1977年夏天赴西班牙翻译出生于尼加拉瓜的萨尔瓦多流亡女诗人克拉贝尔·阿里格利亚（Claribel Alegria）的诗歌。回到美国后又被阿里格利亚的表弟邀请去萨尔瓦多。1978年卡罗琳获得美国古根汉姆基金，可以去任何地方写作，于是爽快答应去萨尔瓦多，在那里的一年彻底改变她，从此她成为人权人士。

返回美国后卡罗琳写作第二本诗集《我们之间的国土》，但没有出版社愿意出版，1982年终于出版时，刚巧中美洲问题在美国成为焦点，美国记者都无法掌握的信息居然被一个诗人了解并写进诗集里——她见证了中美洲的政治动乱，军事镇压，残忍，非正义，不公平，贫穷，饥饿。她的诗集引起社会轰动和诗歌界争议（是否应将政治写入诗歌文本），但读过诗集的人大多欣赏她的敏锐笔触，也有的对她进行个人攻击。该诗集获得美国诗歌协会拉蒙诗歌奖。后来她随同担任《时代周刊》战地摄影师的丈夫去黎巴嫩、南非以及欧洲国家，亲历并介入许多重大历史事件。

1993年，她花费十三年时间编选的《拒绝遗忘：二十世纪见证诗选》出版（诺顿出版社，816页），这本题材与数量都十分厚重的诗选为她带来更大声誉，1998年获得瑞典的和平与文化奖。第三本诗集《历史的天使》（1994）获得洛杉矶时报图书奖（诗歌类），之后又出版第四本诗集《蓝色时光》（2004），2007年获得罗伯特·克瑞里诗歌奖。她的翻译诗集有：流亡女诗人克拉贝尔·阿里格利亚诗选（1983，2000），法国诗人罗伯特·德斯诺斯诗选（1991，合译），穆罕默德·达维什诗选（2003，合译）。她还完成一部有关居住于萨尔瓦多、黎巴嫩、南非、法国、爱尔兰等地的回忆录《凉台上的马》，以及一本散文集。

这里翻译的作品主要为作者本人的后期自选诗（还未结集），有关死亡与悼念友人。选译这几首主要是因为它们或展现她旅行过的地方或展现她的成长道路以及她的诗歌手法。她认为这些不是旅行诗，而是见证诗，旅行只是走马观花，见证是观察、感觉、体悟。但从另一个意义上来说，她又认为每一首诗都是一次生命的旅行。她重视细节描写，也善于营造气氛和意境，每首诗层层铺垫，主题呼之欲出，却又弥漫消解于诗内。她以一个观察者的身份书写她行走过的地方、遇到的人与事，以她自己难忘记忆中的鲜明形象给读者留下深刻印象。

（明 迪 译注）

灯塔[①]

没有船舶的夜晚。雾笛向积云鸣响，你[②]
仍然活着，被光吸引，仿佛僧侣守护的一团火。
黑夜曾经与群星纠结，现在死亡一般暗淡，你向内部驶去。
穿过野金雀花和海藻，穿过石楠和撕碎的羊毛，
你拉住我的手，让我有生之年目睹一次：
光的旋转，旋转，呼啸，光在寻找失踪者。
在那里，自有火的年代以来，烛光与空旷的灯盏，
鲸鱼油与灯芯，油菜花与炼油，煤油与电石，
信号灯火照亮了胡克灯塔[③]边危险的海岸。
你对我说，醒着，像镜片制造商，死的时候
肺部全是玻璃，像红豆杉花，蜜蜂成群飞去时仍然盛开，
像琥珀色的大教堂，甚至连西多教[④]的鬼也会善待你。
如同在雨后的珠光碧云里，或更远的水中，
水，看到或感觉到的，海水或湖水，你静止下来，长时间
向外凝视。当萤火虫在松树间睁眼，闭合，

一颗星辰升起，我们唯一的天堂。你教我这样活着。
死后如同初生之前。没有什么
可畏惧。只有幸福难以承受，如同它的源泉
一样可怕。向着光，永远向着光，无需船舶。⑤

---

①《灯塔》于2010年5月3日发表于《纽约客》杂志。“灯塔”有两层意思，光的守护者，灯塔。灯塔也是见证历史的隐喻。这是一首关于光的诗，关于灯塔的诗，也是一首关于见证历史的诗。

② 诗中写到的“你”是一位诗人朋友，曾经在一个夜晚带作者近距离去看过这个灯塔，之后因癌症去世，而作者写这首诗的时候（2007年）也正在接受癌症治疗（已康复）。这首诗是哀思，更是励志，（最后一行）“向着光，永远向着光，无需船舶。”但这不是心灵鸡汤式的励志，而是一首“内部”肌理舒通、细节十分迷人的诗，有象征生命的植物，如野金雀花，海藻，石楠，以及象征生命的各种灯火，活着就是工作着，“醒着，像镜片制造商，死的时候/肺部全是玻璃，像红豆杉花，蜜蜂成群飞去时仍然盛开”。

③ 胡克灯塔，位于爱尔兰胡克半岛，修建于12世纪，是世界上最老的灯塔之一。

④ 西多教，罗马天主教的一个教派。

⑤ 此诗首尾呼应，起句是“没有船舶的夜晚”，结尾是“无需船舶”，因为生命本身就是船，是航行，抵达生命不需要借助于船，死亡不过是“向内部驶去”。

石头博物馆[①]

这是你的石头博物馆[②]，组装在火柴盒和锡纸里，
收集于路边，涵洞，高架桥，
战场，禾场，教堂，屠杀场。
坦克开过大街时松动的石头——
这个城市最早的地图由墨汁和亚麻布绘制，
尸体手中的校园石头，
阿波里奈尔生命的卵石，
我们内在的石头
从一个沉默搬运到另一个沉默，
环状列石，石山，石岩，页岩，角闪石，
玛瑙石，大理石，磨石，唱诗班和船厂的废墟，
寺庙和陵墓的白粉，泥灰岩，泥岩，
脚手架附近的石银草，
隧道里排列出的石头和骨头，
城市之家的熔岩
从灯塔、细胞壁、写字间剥落，
与武力对抗的铺路石，

倒塌的钟下、炸毁的桥下之石头，
飞过窗棂和沉重请愿的石头，
长石，玫瑰石英，板岩，片岩，片麻岩，硅质岩，
黄昏时修道院的石头，落座于巴米扬③的
石灰佛像的砂岩趾，
三个十字架的山顶上和地穴的石头，
烟囱里的石头，鹳从那里发出孩子的哭泣，
星辰上刚落下的石头，石头的一种寂静，一颗心，
祭坛和界碑，标志物和容器，首次投扔，矿脉，冰雹，
桥梁石块，以及其他用于铺平道路或关闭的石头，
石苹果，石蓬蒿，榉木，浆果，石闸，
石荆棘，石蕨类植物，地衣，苔，石苹果，根，
肉体的凝固，眼盲，冷酷，聋哑，
整个地球一个采石场，所有生命一次劳作，石头面部，
  石头醉样，
带着希望：这个组合，石头累计，会成为
一座寺庙，神圣的地方，一个骨库，不移动的神圣的，
就像石头曾标示出太阳划过人类拂晓的路径。

① 这首诗于 2007 年 3 月 26 日发表于《纽约客》杂志，是这里唯一一首译者选择的诗，其他均为作者本人自选诗。

② 这是一首纪念诗，纪念所有的生命。每个人的一生仿佛是一座石头博物馆，把所行走、经历之地的“石头”采集起来就是人类历史进程的象征。

③ 巴米扬位于阿富汗中部，巴米扬峡谷的悬崖上有两座佛像，建于公元 6 世纪。

探望[①]

在耶稣诞生的树上有一只小琵琶，法国圆号，彩蛋[②]，
橄榄木雕刻，吹小号的天使。
穿红衣的哥萨克在鸟巢与一些埃菲尔塔[③]之间舞动。
冰冻的窗口里，仿佛有个大教堂在薄雾和钟声里颤栗，
钟声敲响石头，裂开的云块向尖顶浮动。还有小船
从窗口划过，像战争结束后的德累斯顿或汉堡之城。
安娜在那里，钩动烟火，不会说英语了，英语
从她记忆里消失，如同扫帚熄灭火一样。[④]雪花一直飘到
屋顶上，门不可能打开了。
她告诉我们这个夜晚村子里的人们把刚在桶里游泳的
活鲤鱼用纸包裹起来带回家。
鱼使雪银白，如一把锋利的斧头砍去生命。
他们会从地窖里取出发芽长眼睛的土豆，
同鱼一起烧烤，还会有甜菜汤，黑面包
和桑葚酒。每个人都会得到食物，一种他们想要
但不需求的东西，然后睡觉，
仿佛海上的船，载满鲤鱼，游在他们的思绪中。

然后她将离开，在水流中穿行，如同精灵，

留下一个装硬币的钱包，一只水晶胸针，一张圣卡，

上面记载有她自己的出生和死亡日期，所以我们知道她没来

看我们，她的缎枕般的棺木静躺在地上。

然而她经过的时候，金属丝闪烁，小灯塔

向船发出信号，羊群离开杉树，

绒毛簇簇，每一只玻璃球里，有我们，她的后裔。

一个冬天的夜晚，她给我们讲过去，给我们一份礼物。

---

① 这首诗有关作者的奶奶安娜，她从捷克斯洛伐克移民到美国，罗马天主教徒，1968 年去世。作者的奶奶生前喜欢旅行，去过很多地方，在家时给孙辈孩子们过各种天主教的节日。这首诗与其说悼念奶奶，不如说是歌颂生命。

② 彩蛋，西方复活节的习俗是大人在草地里藏一些彩蛋，让小孩子去寻找。彩蛋象征耶稣基督空洞的墓穴。

③ 埃菲尔铁塔为 1889 年因世界博览会而在巴黎修建的标志物。这里是复数，表示一些很小的类似于埃菲尔的小铁塔。

④ 奶奶去世后，英语“从她记忆里消失，如同扫帚熄灭火一样。”英语是移民到美国之后学会的第二语言，生不带来，死不带走。

给危城的信[①]

翻阅你借给我的书，这书有关你受伤的城市[②]，
读城墙上的盲文，行走于幽魂般的栗子
树下，穿过将弹片打碎的玻璃烧成青铜色的火——
火骤燃闪亮，而没有给倒塌的房屋温度，
你们睡在屋子里，没有水，没有光，你们之间只有一个空饼干盒，
后来在咖啡馆遗址，你彻夜谈那些被烧毁的文献，
从图书馆借出来的，那里所有书籍都遭到厄运。
我想把你的笔记还给你，也许它们可以发表，
以另一种语言，不是你的也不是我的，而是那些
用纸板当防弹背心的孩子们能听懂的语言。
然后我们可以躺在开满紫罗兰的墓地，
那是你童年的紫罗兰，狙击手还未向城市开枪并用墓石去覆盖。
朋友，缺席者，流亡者，我可以告诉你，你的隧道仍然在那里，
穿过泥墙和圣土，你将橘子偷运进

城里——橘子！——与冬天的月亮一样光鲜，在手推车旁。

我们一起继续在街上走吧，走到山上，可以看见

雾中的城市，空的屋顶，连根拔起的桥梁，

一家商店的橱窗，一堆书的脊梁上悬挂着碎玻璃。

第六十页，图书馆被烧，世界上所有的报纸都被烧毁，

马蹄嗒嗒的声音不是马蹄的嗒嗒声。③

这里，狗穿行雪中，嘴里叼着人骨。

上帝之屋的废墟，这么安静。所有的房屋。

还有什么呢？还能有什么呢？没有食物没有光没有水。即使钟

也不能幸免。

但是，我的好朋友，有隧道！橘子！④

---

① 这是给一位诗人朋友而写的赠诗，这位诗人在上个世纪九十年代经历了前南斯拉夫地区的波黑独立战争（1992—1996）。

② 受伤的城市指萨拉热窝，波黑最大城市，现为波黑首都。现代战争中被围困最久、受创伤最大的城市，时至今日（2012年）还在重建之中。

③ 这一句，clopping of horses' hooves isn't the sound of clopping horses，表示听到的嗒嗒声并非马蹄的声响，而是别的声音。

④ 现代战争中的一个很小的细节，偷运橘子。橘子“在手推车旁”，“与冬天的月亮一样光鲜”，作者在结尾呼应之前所写，赞美残酷战争中的生命之美，宁静之美。

运往卦扎帕[1]的骨灰

你的骨灰盒很轻，装下你，八磅重。
而我们每个人都希望轮流举着你上山，
穿过没有屋顶的教堂，火山口，[2]最年轻的坟墓，
露营之地，秘密路径，不可思议的石路。
我们来到颤抖的树木间，据说神奇的外国医生
在这里挖出带有刀笔的子弹，并给孩子们
从水里捞出带有锈指甲的铁钉。我们来到过去，
洞已被挖开，如果继续挖，会发现一麻袋骨头。[3]
我们没有停下来。而是把你的骨灰盒
搬到另一个地方，不够远，但远到
我们都与你拍了合照。然后把你的盒子
放置于你以前的卡车上，它将属于
你从监狱里救出的神父。卡车似乎知道发生了什么事。
我们花了很长时间在树木周围垒石，甚至连市长
也一起垒石，他曾经在这片山丘打过仗。
然后我们掬起你的骨灰，撒向雪松矮林。
你轻微地飞了一下，你的软骨灰飞起，在树下的石头上

安身。

你的大部分落在树丛中，一只隐身蛾在树间发亮，

你的朋友用弯刀砍出一个十字架，那上面是

树液和沙砾的基督。然后飞蛾消失在紫雅卡兰达树丛里，

蜻蜓赶到，低飞，然后蝴蝶不知从哪里飞来，

拥向矮林，蓝色马里波萨蝶，如往常那样

飞到无顶教堂，蜻蜓在我们头顶上嗡鸣，

那只隐身蛾安静地张开翅膀，马里波萨蝶

上飞，下落，直到全是灰尘与翅膀——你飞舞着——离开

一个生命，没有一天不给他人的生命，离开我们，我们这些

站在你的阳光下的人，被没有蝴蝶和灰尘的光照耀着。

——纪念里昂内·戈麦·维蒂斯（1940—2009）[④]

---

① 卦扎帕为中美洲萨尔瓦多中部的火山地区。

② 火山地区也是游击队出没之处，政府军队经常出兵围剿游击

队。教堂的屋顶被战火烧毁。

③ 萨尔瓦多 1524 年沦为西班牙殖民地，1821 年独立。但贫穷，长期战乱，山上到处埋有尸骨。

④ 里昂内 · 戈麦 · 维蒂斯（Leonel Gomez Vides，1940—2009），萨尔瓦多人权斗士，流亡诗人阿里格利亚的表弟。1978 年他开车找到正在圣地亚哥大学教书的卡罗琳 · 佛雪，请她去见证萨尔瓦多的战乱和贫穷状况，从此改变了卡罗琳的一生。这首诗为悼念他而作。